L'ARCHIPEL DE CLAIRE

DU MÊME AUTEUR

La Libraire de la place aux herbes, Eyrolles, 2017.
Il y a tant d'aurores qui n'ont pas encore lui, Le Passeur, 2018.
Mon cœur contre la terre, Eyrolles, 2019.
Abécédaire de l'écologie joyeuse, Bayard, 2020.
Les Jardins de Zagarand, Flammarion, 2021.
La Promesse, Bayard, 2022.
Robin des garrigues, Bayard, 2022.
La Traversée des lumières, Flammarion, 2023.

Éric de Kermel

L'ARCHIPEL DE CLAIRE

Illustrations de Tanguy de Kermel

Robert Laffont

ISBN : 978-2-221-27923-6
Dépôt légal : avril 2025
Éditions Robert Laffont – 92, avenue de France, 75013 Paris
info@lisez.com

À mon père.
À mes filles.

Ce n'est pas en regardant la lumière qu'on devient lumineux, mais en plongeant dans son obscurité.

Carl Gustav Jung

ARCHIPEL DE BRÉHAT

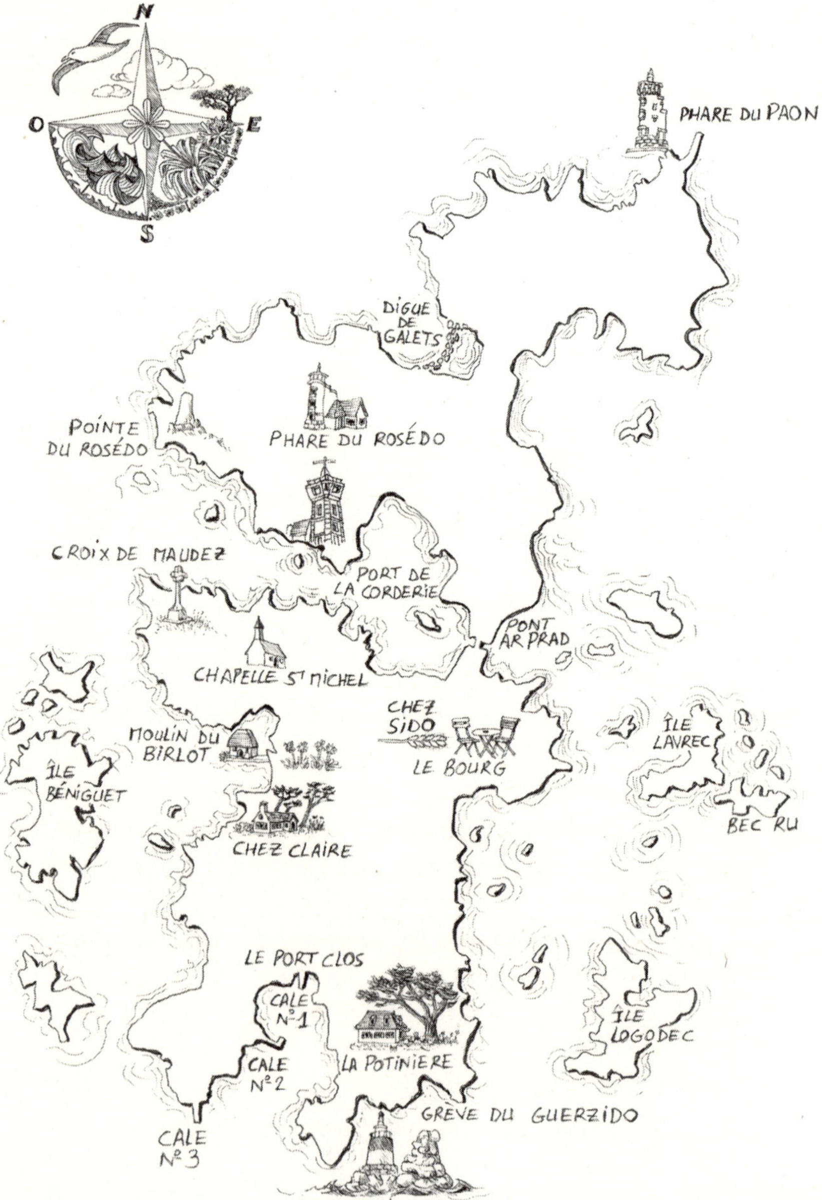

Prologue

En ce 2 février 1857, la cour d'assises du tribunal de Quimper, présidée par le juge de Rouville, a rendu son jugement dans l'affaire relative au meurtre commis par Pierre d'Alaigre envers son frère François.

Au premier rang de la salle d'audience, la mère de l'accusé, habillée d'une longue robe noire, la tête recouverte d'une mantille en dentelle, a écouté la sentence sans rien perdre de sa dignité.

Durant l'énoncé des faits et le verdict qui s'est ensuivi, la mère et le fils ne se sont pas quittés du regard.

Les jurés, à l'unanimité, retenant la folie passionnelle comme circonstance atténuante du fratricide, ont condamné Pierre d'Alaigre aux travaux forcés à perpétuité.

Le jeune châtelain terminera donc sa vie au bagne, là où la République enferme bandits et assassins.

Privée de ses deux fils, Mme d'Alaigre vivra seule au château de Kerantec, berceau de la famille où s'est déroulé le drame.

Le condamné, à la lecture de la sentence, se tournant vers les jurés, a clamé : « Vous aviez le droit de m'ôter la vie, pas celui de m'ôter l'honneur. »

Le Courrier du Finistère,
9 février 1857

1.

Désir d'une île

Chuter.
Cesser de tenir.
Et se laisser tomber.
Accepter la chute.
Simplement s'accepter.
Se reconnaître, fragile.
Se mettre à distance, se taire, et attendre.
Se poser, s'écouter.
Se laisser prendre.
Par la nuit, par la vague, par le temps.

Habiter l'ermitage de la douleur.
Laisser vivre les larmes et les nuits blanches.
Donner sa chance aux heures, aux jours.
Puis sécher les larmes et transformer les nuits blanches en échappées vers les étoiles.
Lever les yeux, et chercher celle du Berger.
Relever les yeux.
Se relever.

Se laisser reprendre.
Se reprendre.

Un jour, un matin de fin d'hiver, alors que je ravivais les braises de la veille dans la cheminée, le premier rayon du soleil est venu refermer le temps du deuil.

Accepter l'invitation d'une aube nouvelle n'était pas trahir toutes celles où je me réveillais contre lui. Voir s'animer les reflets sur la mer comme autant d'étoiles échappées n'était pas oublier ces heures consacrées à les regarder avec lui.

Les cieux bretons, jouant avec les nuages des symphonies bleutées, inventaient ces mauves dont les dieux s'inspirèrent pour créer l'agapanthe, dit une légende celte. Cette fleur qui porte le nom grec de l'amour est aujourd'hui la signature de l'île.

— Je t'aime tant que je ne pouvais t'offrir seulement un bouquet, si grand soit-il, m'avait dit Patrick en m'amenant à Bréhat. Alors je t'offre un bout d'île, celle où fleurissent les fleurs d'amour.

C'est ainsi que j'ai découvert son île, il y a près de trente ans.

Nous avons inventé une vie au gré des vents et des marées, des saisons, et des émerveillements de ce jardin qui compte autant d'agapanthes que nous avons passé de jours à nous aimer.

Le temps du deuil est celui où l'écho de ce qui fut résonne dans chaque bruissement de feuillage, dans chacun des bris de mer qui rejoignent le rivage comme autant de souvenirs, grains de sable, coquillages fragmentés dans les plis de l'esprit. Les disparus créent un continent silencieux et pourtant habité au plus profond de notre âme. Sans y prendre garde, nous y vivons en même temps que sur cette terre où nous poursuivons l'inscription de notre propre trace.

Est advenu un jour, ce matin-là, où j'ai relevé les yeux.

Les premières fleurs, alliées silencieuses du soleil et des reflets océaniques de l'archipel de Bréhat, ont tapé à la fenêtre. Il est des invitations qui ne se refusent pas.

***

Vivre n'est qu'un enchaînement de questions, l'exploration d'une impermanence, d'une éternité illusoire, d'une espérance d'amour sans garantie.

Des premiers pas vacillants au dernier souffle, seule réside la certitude du doute, et sa richesse. C'est passionnant !

J'en ai fait mon métier.

— Tu crois vraiment que tu vas poser ta plaque à Bréhat ? m'avait demandé Patrick. À part les macareux et quelques sternes arctiques en migration entre l'Afrique et le pôle Nord, qui viendra te voir ?

— Tu oublies les phoques égarés, et, qui sait, une baleine à bosse ayant suivi un courant modifié par le réchauffement climatique ! avais-je répondu en riant.

Et pourtant. Depuis plus de vingt ans, nombreuses sont les femmes qui ont emprunté le bac de l'Arcouest pour rejoindre l'île, pousser la porte de mon cabinet, et s'allonger sur cette méridienne tournée vers le large, et où, la nuit, l'éclair intermittent du phare du Rosédo continue de rythmer la vie.

Il a suffi d'un livre pour qu'elles choisissent de venir me rencontrer ici, et de s'engager dans cette démarche exigeante, éprouvante, parfois désespérante. Tant d'heures passées à regarder la mer afin de mieux regarder en elles.

La parentalité était le thème de mon livre *On ne naît pas mère, on le devient*. « Excellent titre », m'avait dit mon éditeur, heureux de marquer les esprits.

Il avait raison.

Un livre hommage à toutes les femmes, et en particulier à celles qui venaient me consulter, parfois en détresse, dans ce local que j'avais ouvert bénévolement avec quelques psys, à Nantes. Femmes, mères, qui, malgré la lecture de nombreux ouvrages promouvant une éducation basée sur l'écoute de l'enfant, débarquaient chez nous avec l'envie de jeter leur petit trésor par la fenêtre.

J'avais également l'expérience ; mis au monde, « donné naissance », dit-on aussi. Les mots ont un sens… À qui offre-t-on une naissance ? À l'enfant ? À son père ? À soi-même ? Des trois, ce qui est sûr, c'est qu'il n'en est qu'un seul qui n'a rien demandé et qui va devoir faire avec. Souvent, des deux autres dépend que sa vie soit vraiment un cadeau.

Quant à la mise au monde, elle n'a jamais aussi bien porté son nom qu'avec mon fils Antoine : de son enfance en Bretagne, il tient le goût du large et sa vocation de marin. Davantage Ulysse que Robinson.

Jamais mon insularité n'a été un obstacle. Le temps de la traversée est devenu, sans que je l'aie prémédité, un sas, un espace de préparation – puis de digestion – du moment passé ensemble.

Vingt ans. Quatre-vingts saisons. Et près de deux cents histoires, aucune à l'autre semblable. Deux cents visages, et leur cortège de larmes et de rires, de drames et d'espérances, de réconciliations et de ruptures, de morts et de renaissances… Deux cents petits cahiers à carreaux où sont consignés leurs mots et les miens, écrits à l'encre mauve – le mauve, toujours. Cahiers désormais silencieux, rangés dans des étagères. Un archéologue qui les ouvrirait dans quelques siècles pourrait raconter bien plus que l'histoire chronologique d'une période. Il accéderait à ses sous-entendus, aux toiles-étoiles d'araignées tissées des fils de l'inconscient, au corail des rêves, aux marées noires des insomnies, aux équinoxes des espérances.

Même l'année qui a suivi le décès de Patrick, je n'ai jamais cessé d'exercer. Dans ce moment-là, ces femmes étaient autant de portes ouvertes pour oublier un peu l'absent, et mon petit nombril inondé de larmes.

En vingt ans, j'ai le sentiment d'avoir beaucoup donné, beaucoup reçu aussi. « À partir de maintenant je ne prends plus de patientes », ai-je décidé l'été dernier. Et je ne suis pas bretonne pour rien. Un peu têtue. Une décision est une décision.

***

Aëlwen est arrivée sur mon rocher quand je m'y attendais le moins.

Avec ses yeux bleus qui jouent derrière la mèche blonde de ses cheveux, elle a été tel le muguet rouge, la fleur que l'on ne cherche pas, car elle n'existe pas.

J'ai découvert avec elle que la frontière entre nos certitudes et nos doutes a la fragilité d'un papier de soie.

2.

Du pain et des livres

— Ne m'offre pas des choses, offre-moi des moments, m'avait répondu Patrick un jour que je lui demandais ce qu'il aimerait pour Noël.

Nous avions réussi à rester deux, à nous suffire. Même lorsque Antoine était parti. Un « deux » ouvert, traversé des autres, parfois exposé aux vents du large, parfois silencieux à l'autre, occupé à des conversations plus intérieures.

Bien souvent nous nous assurions que l'alliance tenait toujours. Il ne s'agissait pas d'inquiétude mais de vigilance ; l'expérience de ceux qui savent que rien n'est jamais acquis. Soignant le « nous » autant que le « je ». Car en réalité tout couple est un trio : deux « je » et un « nous ». Que l'un soit négligé et le trépied bascule.

Depuis le 26, l'un des pieds est invisible. Patrick est mort un 26 avril, mais « le 26 » suffit pour ceux qui m'aiment – ils comprennent. Antoine s'inquiète parfois :

— Ça va, ma p'tite mère ? Pas trop seule sur ton île ?

Il veille à m'y rejoindre souvent. La charge des fils uniques s'alourdit un peu quand ils se retrouvent seuls avec leur petite mère…

Mais je le rassure :

— Je ne suis pas seule. Il y a toi, toujours… Il y a mes patientes, souvent. Mon jardin, et ses fleurs, ses arbres. Et la mer, et ce ciel ; jamais un jour pareil à l'autre. Et parfois ton père qui me surprend encore malgré son absence, ou plutôt, par la discrétion de sa présence.

La tristesse et la joie peuvent cohabiter dans un même corps. La tristesse de ce qui n'est plus et la joie de ce qui est encore. Si parfois les larmes coulent, elles sont signe que survit ce qui a été. Comme si s'entretenait un chemin tracé par l'émotion d'avoir aimé, pour toujours. C'est ce « pour toujours » qui devient larmes.

Et puis, il y a aussi les amis. Ceux qui remplissent les maisons bréhatines aux beaux jours, et les insulaires au long cours. Yann, bien sûr, l'horticulteur, spécialiste incontesté de l'agapanthe. Béa, l'amie de la Potinière, et Sidonie, mi-boulangère, mi-libraire. Bien plus qu'une boulangère, bien plus qu'une libraire… Elle tient un salon de thé ouvert en toutes saisons où elle recueille les petites histoires de l'île, et fait paraître chaque année *L'Écho des bulots* où se raconte un Bréhat illustré d'instants aquarellés. Un objet rare au tirage limité qu'elle accepte de vendre uniquement à ceux qu'elle aime. J'en fais partie.

Au fond de sa librangerie, comme elle la nomme, le fournil. Sur le mur de droite, des thés… Des thés rares, des thés de traditions anciennes, certains sont « magiques », dit-elle. Pour chaque situation, elle propose à ses amis le thé qui convient. À la palette de mes états d'âme, je peux désormais associer le goût et l'odeur d'une infusion particulière.

Sur le mur de gauche, des livres ; un seul exemplaire de chaque. Cent quatre-vingt-quatre livres car les étagères ne peuvent en contenir plus.

Une invitation aussi : celui qui en achète un s'engage à le transmettre à un autre îlien après lecture. Et ainsi de suite… C'est comme cela que tous ceux qui vivent ici nourrissent une bibliothèque commune et nomade. Les choix de Sidonie sont parfois exotiques et il advient qu'ils fassent beaucoup parler.

Elle a débarqué un jour, il y a trois ans, à la suite d'une annonce que la mairie avait publiée dans *Le Télégramme* : « Suite au décès de notre vieux boulanger, l'île de Bréhat cherche son remplaçant. Logement fourni. Envoyer CV et lettre de motivation à la mairie. »

Quand sa candidature est arrivée, tout le village en a parlé. « Une femme, célibataire, qui n'a que vingt-huit ans. Elle ne tiendra jamais ! » entendait-on sur l'île. Mais elle était l'unique candidate.

Le maire m'avait alors demandé de la recevoir pour savoir « ce qu'elle avait dans le ventre ». Je me souviens bien de cet entretien. On peut qualifier notre rencontre de « coup de foudre ».

— À la lecture de votre candidature, monsieur le maire s'est demandé si vous tiendriez longtemps sur notre île.

— Ah… C'est drôle. Pourtant j'ai écrit cette lettre pour vous donner envie de me rencontrer. Et visiblement ça a marché…

Elle avait dit cela avec un sourire qui allait d'une oreille à l'autre. Et ajouté avec malice :

— Vous voulez dire qu'il a trouvé cela super que je sois une femme et qui plus est une jeune femme ?

Peut-être même qu'il risque de me trouver sympathique quand il va me rencontrer. Et un peu jolie, qui sait ?

Elle ne manquait pas d'un aplomb joyeux. Et c'est vrai qu'elle était mignonne, avec ses yeux vert brillant comme des malachites, son doux teint mat et ses cheveux noirs tout bouclés.

— Et vous n'appréhendez pas la solitude renforcée par une vie insulaire ?

— C'est très subjectif, la solitude. Je connais beaucoup de gens très seuls au milieu de la foule des grandes villes. C'est dedans qu'on est seule. Moi, dedans, je suis très nombreuse et avec plein de gens super !

— Mais une île, c'est très particulier, vous savez ?

— C'est justement cette différence qui m'intéresse. J'ai parcouru le monde, aujourd'hui je veux poser mes valises. J'ai envie d'être au cœur d'une petite communauté humaine. J'ai envie de découvrir comment ça marche, un bout d'humanité. Et c'est la chance du boulanger, il occupe un minuscule carrefour où tout le monde passe très régulièrement.

Sidonie avait une maturité impressionnante pour son âge. Elle fait partie de ces jeunes qui, après avoir coché la case « grande école », attestant auprès de leurs parents qu'ils sont parvenus à la hauteur de leurs projections ambitieuses, ont très vite bifurqué. Elle a voyagé, sac au dos, et découvert des montagnes et des vallées, des paysages et les paysans qui les façonnent – et les boulangers !

J'ai été conquise, et le maire aussi.

Au début, les vieux ont pourtant râlé quand ils ont découvert qu'elle ne faisait pas de baguettes. Il a fallu qu'elle explique : « Le pain blanc, c'est que du vent sans nutriments. Ça fait grossir et ça n'apporte rien. » Elle a alors créé les « boulettes » pour remplacer les

« baguettes ». Des petits pains ronds composés de farines complètes agrémentés, au gré de ses envies, de noix, de graines de courge, de raisins, de pistaches, de sésame, de figues, de grains d'anis ou de cumin…

Sidonie est tellement joyeuse que tous l'ont rapidement adoptée.

— Comment veux-tu que je trouve de la place pour un gars dans ma vie ? m'a-t-elle dit alors que je m'inquiétais de son célibat. Avec mes horaires de boulangère et tous les livres à lire ! Je suis très heureuse, tu sais…

Et effectivement, elle l'est.

Entre les murs de sa maison aux volets bleus, une vieille table de ferme rectangulaire, et huit chaises. Au fond, le fournil. Son domaine réservé, « le lieu du mystère », dit-elle… Et dehors, quand il fait beau, deux petites tables en métal bleu avec leurs quatre tabourets assortis sous un parasol qui parfois tient lieu de parapluie quand « c'est juste une averse ».

Je reviens de chez elle avec *Une heure de ferveur* de Muriel Barbery – qu'elle a posé dans mon panier accompagné d'un « C'est votre fonds de commerce, à vous les psys, les relations impossibles entre père et fille. Alors tu vas te régaler avec ce livre ! » Soudain le téléphone sonne : numéro inconnu. Si Antoine était là, il me recommanderait de ne pas décrocher. Lui ne répond jamais aux numéros inconnus. Moi, toujours…

— Claire d'Alaigre ?

— Elle-même.

— Bonjour madame, je suis Aëlwen Giralda.

— Que puis-je pour vous ?

— Je voudrais prendre rendez-vous.

— Je suis désolée, je ne reçois plus de patientes.

Un blanc à l'autre bout du téléphone. Puis j'entends la voix, qui s'exclame :

— Mais… ce n'est pas possible !

— Si, vraiment. Un jour il faut savoir s'arrêter.

— Laissez-moi venir vous voir, juste une fois, m'implore-t-elle. C'est important.

— Non, c'est impossible. Et puis, ça n'existe pas, « juste une fois ». On ne sait jamais quand cela se termine lorsque l'on entame un travail sur soi.

— Mais si, moi, je sais.

Si je n'avais perçu un peu de désappointement dans sa voix, j'aurais souri devant cette assurance propre à certains jeunes qui croient souvent qu'ils savent…

— Vraiment, Hélène, je suis désolée.

— « Aëlwen », pas « Hélène ».

— Pardon, Aëlwen. Mais laissez-moi vous adresser à une collègue que vous pouvez appeler de ma part.

— Je ne veux pas d'une collègue. C'est vous que je veux voir.

— Vous habitez où ?

— À Concarneau.

— C'est bien loin d'ici. Vous savez où je consulte ?

— Je sais tout. Vous êtes à Bréhat, au large de Paimpol.

— Effectivement… Est-ce que je peux vous demander comment vous me connaissez ?

— Par votre livre, que j'ai lu, comme toute ma famille. Et par une amie. Elle vous a entendue lors d'une conférence.

— Merci, mais vraiment, il est inutile d'insister. À Pont-Aven il y a quelqu'un de très bien, elle s'appelle Christine…

Pour seule réponse, les deux tons indiquant que mon interlocutrice a raccroché.

Je reçois souvent des appels de nouvelles patientes. Même si cela me coûte toujours un peu de refuser un accompagnement, je sais rendre mon choix compréhensible et orienter celles qui me sollicitent vers d'autres psychanalystes. Cette fois-là ne s'est pas passée comme les autres.

Le printemps arrive, mais les soirées sont encore fraîches et l'humidité propre aux bords de mer m'incite chaque soir à allumer un feu dans la cheminée. Avant, c'était Patrick qui s'en chargeait. Puis j'ai appris. Toujours trois bûches, pour créer un mouvement d'air dans cette pyramide de bois. Une allumette, c'est le défi : réussir à faire prendre le feu avec une seule allumette.

Assise devant la flamme, dans un vieux fauteuil en cuir élimé, je prends le livre de Barbery. Une jolie couverture avec un renard blanc allongé sous un feuillage gris. Mais je n'en lis pas une page ; celle dont je serais parfaitement incapable d'écrire le prénom occupe mon esprit. Curieuse impression. Je ne peux mettre aucun visage sur cette voix, mais c'est un peu comme si elle avait déposé dans son sillage un étrange parfum et des mots qui résonnent encore.

Trois ans, déjà...

Trois ans déjà…

Je ne les ai pas vus passer.

Je m'étais promis de tenir un petit carnet de bord comme lorsque je partais en voyage. Je voulais écrire mes humeurs insulaires et les dessiner sur le joli cahier d'aquarelles que m'a offert maman, avec sa boîte de couleurs et ses crayons gras.

J'ai besoin de dessiner pour penser. Comme si mon premier langage était fait de traits, de couleurs, de noirs et de blancs. Ensuite naissent les mots. Ils m'accompagnent comme ceux des livres de ma boulangerie.

Je n'ai pas écrit une ligne ni trempé un pinceau dans un godet depuis mon arrivée à Bréhat !

— C'est bien trop petit pour toi, une île, m'a dit Maman…

— Tu es sûre que tu seras heureuse juste en faisant du pain ? a ajouté papa.

J'ai répondu que j'avais envie d'essayer, et qu'on verrait bien. Que si ça n'allait pas, Bréhat n'était pas Cayenne et que je m'en irais.

C'est touchant, les parents. Ça s'inquiète.

Faut dire qu'avant, « de leur temps », quand on choisissait quelque chose c'était presque pour la vie. « Un engagement », martelait mon père !

C'est sûr que maman, elle en a pris un sacré quand elle a décidé de traverser la Méditerranée pour rejoindre son amoureux et de vivre dans la médina de Marrakech.

— J'ai pas eu le choix, dit-elle.

Elle savait qu'en France il aurait été malheureux, son amoureux. Traînant dans son sillage ce regard que portent encore trop de Français sur tous ceux qui n'ont pas un visage bien blanc.

— Alors qu'au Maroc, il est beau comme un prince du désert !

Elle a tout plaqué : son bon boulot, ses jolis bibelots, ses chemisiers en soie, ses dizaines de paires d'escarpins, et elle a débarqué avec sa petite valise.

Et c'est vrai qu'il est beau, mon père. Et c'est vrai aussi qu'il est du désert… de Zagora, la plus belle des palmeraies du Maroc. Le paradis de toutes mes vacances, quand on rejoignait sa famille et que je jouais avec mes cousins dans le dédale de petits champs et de canaux d'irrigation.

Vivre à Marrakech n'a pas été évident, même pour papa. Afin que sa femme ne soit pas trop dépaysée, il a dû quitter la vallée du Drâa et ses palmiers.

— Avec le métier de guide qu'il avait choisi, je savais que ton père nous ramènerait une chrétienne.

C'est ma grand-mère de Zagora qui m'a dit cela un jour. Elle a ajouté avec le sourire :

— C'était écrit… *Mektoub* !

— Le meilleur guide du Maroc, dit fièrement maman.

Moi j'en sais rien, mais c'est sûr qu'il l'aime, son pays.

Ça n'a pas toujours été facile pour maman. Pas facile d'être une femme au Maroc quand on vient de l'Occident. Il y a encore beaucoup à faire là-bas pour l'égalité entre les femmes et les hommes. Les traditions sont tenaces. Mais le Maroc bouge, à son rythme, à sa façon, sans prendre toujours l'Occident pour modèle, et heureusement.

C'est pour ça que je suis venue faire mes études en France.

Sciences Po Paris. Qu'est-ce qu'ils étaient fiers quand j'ai été prise ! C'était comme la preuve qu'on peut grandir dans une médina et intégrer une grande école à la française. C'est comme ça que j'ai découvert le monde. Avec ma double nationalité, j'ai pu voyager partout. J'en ai bien profité, de cette vie d'étudiante sans frontières. Mais toujours il y avait un moment où le Maroc me manquait et où je revenais au pays pour retrouver les miens, les couleurs, les odeurs…

Parmi toutes celles de Marrakech, il y en a une qui a bercé mon enfance, c'est celle du pain. Quand je partais à l'école le matin, dans mon petit uniforme blanc, je traversais les ruelles de la médina à l'heure où les fours communs recevaient les galettes de pain façonnées par les femmes dans chacune des maisons. Elles portaient sur leurs têtes une planche recouverte d'un linge qui épousait la forme des pâtons prêts à être enfournés.

Le long de mon chemin, je laissais le fumet d'un four pour trouver celui du suivant. Même à l'école, toute la matinée, je sentais le pain qui cuisait dans le four voisin.

Pour moi, l'odeur de la médina, c'est celle du pain.

L'odeur de mon enfance, c'est celle du pain.

Finalement, je n'ai rien fait d'autre que de prolonger l'enfance.

Ça n'a pas été simple de leur annoncer, aux parents.

Bac plus cinq… Boulangère !

D'autant plus qu'ils ont dû faire des sacrifices pour payer mes études.

Mais bon… Ils savaient quand même que je ne faisais rien vraiment comme tout le monde.

— Si t'es sûre d'être heureuse, ma fille… a fini par dire papa sous le regard brillant de maman.

Sûre d'être heureuse.

Comment sait-on par avance que l'on va être heureuse ?

On essaie de mettre toutes les chances de son côté, ensuite il y a toute une histoire qui vient d'ailleurs.

— *Inch'Allâh* je serai heureuse, papa, lui ai-je répondu en le prenant dans mes bras.

Et me voici. Sur une île qui ne ressemble à peu près en rien à la palmeraie de Zagora ou à la médina de Marrakech.

Et on peut dire que je suis heureuse.

Elle ne ressemble en rien à ce que j'ai connu, sauf sur un point : je vis dans l'odeur du pain, du soir au matin… Et dans celle des livres !

Mais là aussi ce n'est pas nouveau.

« Prends un livre » était la réponse inéluctable de ma mère quand je lui disais m'ennuyer. Elle, elle en lisait continuellement, parfois plusieurs à la fois. Et mon père aussi.

Parfois, ils se lisent un livre l'un à l'autre. C'est très beau.

— Du pain et des livres ! Mais il ne manque rien pour vivre ici ! a dit papa en découvrant ma maison il y a deux ans.

Puis il a ajouté :

— Le problème, c'est que c'est toujours l'hiver…

J'ai ri. Même en plein été, papa ne quitte pas son bonnet quand il vient en Bretagne.

Je lui ai même offert un pull. Le premier que j'ai tricoté.

C'est Clara qui m'a appris. Clara, c'est mon amie psy. Elle s'appelle Claire en vrai.

Elle ne tricote pas seulement des pulls. Elle aide les gens à défaire les pelotes emmêlées de leurs vies pour les retricoter plus librement.

Été comme hiver, elle en porte de jolis qu'elle a réalisés elle-même. « À chaque saison son pull ! » dit-elle. Ajoutant qu'il n'y a qu'en Bretagne que l'on peut en mettre toute l'année. C'est ainsi que l'été elle a son beau pull jaune avec des grands yeux, tel un soleil dessiné par un enfant. L'automne, c'est un pull avec un dégradé d'orange qui évoque un coucher de soleil. L'hiver est bleu comme la glace et le printemps d'un vert tendre avec des boules mauve agapanthe.

Ils sont tout doux et donnent envie de la garder dans ses bras quand on l'embrasse.

Je la vois arriver de loin sur son vélo avec ses jolies couleurs et sa belle tignasse brune qui prend le vent.

Elle, c'est une vraie Bretonne. Elle peut pas le cacher avec ses grands yeux bleus et ses taches de rousseur.

3.
Aëlwen

« Mer agitée, nuit agitée », disait souvent Patrick. Et c'est assez vrai.

Pourtant, ce matin-là, malgré ma nuit, la mer est bien calme.

J'aime aussi les nuits agitées, celles qui se traversent en rêves où l'inconscient chuchote et parfois crie. L'inconscient est l'étagère à épices de la vie. Épices invisibles et qui pourtant agrémentent chacun de nos jours. Depuis trente ans, je voyage sur cette autre route des Indes et j'y découvre encore des saveurs nouvelles qui relèvent le goût d'une vie. C'est ainsi que l'inconscient s'exprime parfois avec évidence, offrant des poivres tellement forts qu'ils nous saisissent. Mais avec le temps il révèle aussi des arômes subtils qui supposent un vrai travail pour en percevoir l'origine et le sens.

Aux premières lueurs du matin, je suis sortie dans le jardin. Pas un jour qui débute autrement que par le tour de mon petit domaine. J'y retrouve les oiseaux qui se racontent leurs rêves nocturnes dans un pépiement ininterrompu. Je salue les deux grands pins qui se font face tels les gardiens de l'accès à la petite crique où je vais chercher les trésors échoués de la nuit : galets de granit rosé ayant choisi cette minuscule plage pour aborder, petits coquillages couleur safran, bois flottés dessinant autant de formes, de silhouettes, parfois de visages, qui viennent rejoindre un musée merveilleux au-dessus de la cheminée.

Ce matin, je ramasse un petit caillou-cœur noir, brillant d'avoir été embrassé par les vagues nocturnes. Ces cœurs échoués font toujours un peu fondre le mien qui, lui, n'est pas de pierre. Avant, je les offrais à Patrick. Aujourd'hui ils rejoignent mon bureau et, parfois, je les confie à Antoine ou aux personnes que je croise. Il en est un qui ne quitte pas la grande table commune de Sidonie ; je remarque que ceux qui viennent boire un thé le saisissent, le manipulent, le caressent, et le reposent ensuite, pour les suivants. Un cœur à prendre et à laisser. Ce que je ne suis pas. Le mien est toujours très habité par l'absent. Comme dans ce livre de Muriel Barbery dans lequel j'ai fini par me plonger, où le marchand d'art japonais apprend à aimer autrement.

Au printemps, le jardin achève ses préparatifs pour tenir ses promesses. Les bourgeons des hortensias sont apparus durant l'hiver. Je connais chacun d'eux. Petits ermites enroulés sur eux-mêmes, ils attendent leur rendez-vous avec la lumière.

Ceux des agapanthes ont une sensualité à nulle autre pareille. Ils gonflent sous la fine membrane verte qui les protège jusqu'à l'éclosion. En attendant, il est possible de percevoir du bout du doigt chaque ombelle de la fleur dévoilant pudiquement sa forme.

Suivant les jours, l'exploration du jardin peut me prendre quelques minutes ou toute la matinée. Ôter la fleur fanée ou la feuille abîmée, accompagner du regard le frôlement des mouettes à la surface de l'eau pour leur pêche aurorale, ramasser les bois naufragés de la nuit, rester les pieds dans l'eau et les sentir s'enfoncer un peu plus dans le sable à chaque retrait de la vague…

Mais ce qui peut arrêter le temps, ce sont les nuages ! Je suis une militante du classement des ciels bretons au patrimoine immatériel de l'humanité. Les nuages ont la variété d'un grand livre d'images, de la plus belle des ménageries d'hier et d'aujourd'hui. Dragons ailés, ours polaires, chevaux cabrés ou lapins à longues oreilles : tout apparaît dans le ciel de Bréhat comme dans l'imagination des écrivains. À Noël, on peut même y voir des petits Jésus joufflus similaires à ceux des crèches sévillanes.

Quand Antoine était enfant, je l'emmenais ainsi au jardin pour regarder en l'air. Le jeu consistait à chercher le plus d'éléments possible au sein de cet imagier céleste. Je me souviens de l'échange que j'avais eu avec ce petit bonhomme qui ne lisait pas encore les mots mais savait si bien déchiffrer les nuages :

— Un cœur, maman ! Regarde ! Ça veut dire que je t'aime !

— Ou que moi je t'aime, répondais-je en souriant tendrement.

— Qu'on s'aime tous les deux, alors ! Et papa aussi !

Patrick, lui, était l'instructeur des ciels nocturnes.

À Bréhat, l'absence d'éclairage transforme nos nuits en cartes célestes exceptionnelles où les navigateurs érudits distinguent les figures légendaires des constellations.

Patrick était de ces hommes qui savent raconter les histoires, de jour comme de nuit.

Ce matin-là, le ciel est habité par les trois caravelles de Christophe Colomb. Magnifique armada voguant vers l'Amérique et me faisant l'honneur de passer à la lisière du jardin. Embarquée sur les vaisseaux aux voiles gonflées, je n'entends pas approcher la femme qui s'apprête à m'aborder.

— Madame ?

Je sursaute en me retournant.

— Mais… Qu'est-ce que vous faites là ?

— Je suis désolée, j'ai tiré sur la clochette du portillon mais vous n'avez pas répondu. Je vous voyais dans le jardin, alors je suis entrée.

Je pourrais trouver cela culotté, mais quelque chose dans son air navré m'attendrit

— Ce n'est pas grave. J'étais un peu dans les nuages, presque au sens propre. Regardez comme ils sont beaux !

Nous nous sourions.

— Mais que puis-je pour vous ?

— Euh… S'il vous plaît, ne m'en voulez pas d'être venue chez vous.

Je regarde avec plus d'attention le visage de cette jeune femme. Un sentiment de déjà-vu. Ce regard particulier… Je suis très physionomiste et j'ai une mémoire d'éléphant, pourtant impossible de retrouver un lien.

— Je ne comprends pas. De quoi devrais-je vous en vouloir ?

— Je vous ai téléphoné hier. Je m'appelle Aëlwen Giralda.

— Ah ben alors, vous ! Vous ne manquez pas d'air ! N'ai-je pas été claire ? Je ne prends plus de patientes.

J'amorce un mouvement de recul. Malgré cela, Aëlwen soutient mon regard au point que je suis la première à détourner les yeux. Je ressens la même chose qu'après son appel. Elle me trouble.

— Je…

— Non, madame. Non. Je vous ai dit non.

Je sens une légère dissonance entre la fermeté de ma réponse et ma curiosité, qui n'est pas bien loin. Être troublée ne m'a jamais fait peur. Au contraire, j'ai toujours éprouvé qu'un trouble est une opportunité de se connaître mieux. Qu'il dit quelque chose avant même d'être déchiffré.

— Mais pourquoi, madame ? C'est si compliqué de dire oui une dernière fois ?

Je sens du courage chez cette jeune femme. Une densité et un mystère qui fait briller l'éclat d'un regard tendre et pourtant très direct.

— Je vous ai déjà répondu. Mon métier est très exigeant, il demande beaucoup d'engagement. Ce n'est pas comme un garagiste qui arrête quand il veut. Un patient, vous établissez une sorte de contrat moral avec lui. Vous ne pouvez pas le lâcher comme ça.

— Mon père était garagiste.

— Vous rigolez ?

— Non, mais ça ne change rien.

— Effectivement, ça ne change rien : vous n'auriez pas dû venir ici. C'est très intrusif.

Je ne comprends pas ce qui se passe. Aëlwen dégage une aura particulière. Ce n'est pas seulement lié à cette irruption inattendue. Il y a quelque chose de paradoxalement vulnérable et puissant chez elle.

— Je comprends. Excusez-moi encore. Je m'en serais voulu de ne pas avoir tout tenté. Il ne faut jamais rien regretter. Je vous demande pardon. Vous avez un très beau jardin.

Avant qu'elle se retourne, je crois voir des larmes poindre dans ses yeux.

— Attendez… Le prochain bac est dans plus d'une heure. Laissez-moi vous offrir une citronnade.

— Merci, mais non. C'est gentil mais vraiment, non merci.

— D'accord.

Alors qu'elle semble décidée à partir, elle se tourne une dernière fois vers moi.

— Vous voyez, je ne demandais qu'une heure de votre temps, mais pas pour boire une citronnade.

— Désolée, mais je vous l'ai déjà dit. On ne sait pas quand s'achève un travail avec une psy.

J'esquisse un sourire auquel elle répond en baissant les yeux, puis se retournant elle commence à s'éloigner.

— D'accord, m'entends-je lui lancer, avec l'étrange impression que ce n'est pas moi qui ai parlé et que les mots m'ont échappé, surgis d'on ne sait où.

Elle s'immobilise.

— Quoi ? Qu'avez-vous dit ?

— Je suis d'accord pour vous accompagner. Mais pas maintenant. Pas aujourd'hui. Prenons rendez-vous pour la semaine prochaine.

Je vois soudain une immense gratitude éclairer le visage qui se tourne vers moi.

— Je ne sais pas comment vous dire merci. Mais j'étais sûre que c'était vous.

— Ne croyez pas cela. Il y a beaucoup de très bons psys.

— Je tâcherai d'être légère et de ne pas vous prendre trop de temps.

— Ne tâchez rien du tout. Soyez vous-même et nous verrons bien.

Nous marchons vers la maison et, une fois dans mon bureau, j'attrape un nouveau cahier vierge. Un petit cahier à la couverture verte, sur lequel je trace, en capitales hésitantes, les lettres de son prénom.

— « Aëlwen », cela s'écrit bien A Ë L W E N ?

— Oui.

— Lundi prochain à 15 heures, cela vous convient ?

— Très bien. Merci. Au revoir, madame.

— À bientôt, Aëlwen.

Je la regarde partir, avec sa longue natte dans le dos, sa robe bleue couverte de motifs représentant des petites pommes rouges, et des baskets blanches aux pieds.

Je me tourne vers les grands pins, qui ont été témoins de la scène et connaissent tous mes secrets, et leur lance :

— Oh, vous deux, je n'ai pas besoin de vos commentaires !

Et ils n'en font aucun.

J'ai un peu de mal à comprendre ce qui s'est joué. La Claire avec qui je vis ne ressemble pas vraiment à celle que je viens d'habiter. Les psys sont pourtant habitués à n'être surpris de rien et à accueillir le monde et ses mammifères pensants comme autant d'histoires singulières et complexes, complexité qui leur confère leur originalité. Or, là, je suis décontenancée.

Alors que le soleil entame sa descente vers l'ouest, j'enfourche mon vélo pour aller prendre le thé chez Sidonie.

***

— Salut, Clara !

— *Hi*, Sido !

— T'en fais, une tête…

— Pas du tout. Elle a quoi, ma tête ?

— T'as vu la Vierge ? T'as les yeux ronds comme des billes.

— Non, pas vu la Vierge mais j'ai vu quelqu'un…

— Ah… Je te sers un thé ?

— Oui, un thé tout doux.

Et je lui raconte.

Comme à chaque fois que l'on raconte, le récit est subjectif. Les mots sont interprètes. À chacun ses ressentis et son lexique. Aëlwen n'aurait certainement pas les miens. À chacune ses aspérités, ses prises, ses résonances.

— C'est génial ! me dit Sidonie. Elle a beaucoup de chance, cette petite. Et puis ça va te faire du bien. Depuis le départ de Patrick, tu n'as pas eu de nouvelle patiente.

— C'est vrai. Mais j'assumais très bien ce choix.

— Eh bien justement. Voilà qui vient déranger un peu tes petites habitudes.

Sidonie accompagne ses mots d'un sourire tendre.

— J'ai fini le livre de Muriel Barbery.

— Déjà ?

— Oui. Une insomnie.

— Ça t'a plu ?

— Beaucoup. Mais j'ai presque trouvé cette histoire peu crédible. Un père à qui l'on interdit de voir sa fille, et qui l'accepte, tout en parvenant à faire grandir son amour… Pas sûre que ça existe.

— C'est un roman. Et puis tu es bien placée pour savoir que l'humain est une drôle de bestiole.

— C'est certain.

— Figure-toi que, dans son livre précédent, l'auteure raconte l'histoire vue du côté de la fille.

— Ah bon ?

— Oui. Cela commence le jour où elle reçoit une lettre qui l'invite à se rendre au Japon au sujet du testament d'un père dont elle ignorait l'existence. C'est magnifique. Si tu veux, demande-le à la Potinière, c'est Béa qui l'a. *Une rose seule*, ça s'appelle. Vous pourrez faire un échange.

Suivant les heures, Sidonie est davantage libraire que boulangère. Elle tient aujourd'hui en équilibre entre l'usage des idées et celui de la matière, de la plus essentielle des matières, celle qui nourrit le monde.

Elle choisit ses destinations de vacances en fonction des boulangers qu'elle rêve de rencontrer ou des paysans qu'elle va visiter car ils cultivent une céréale dont elle veut voir les épis avant la moisson. Elle part dans quelques mois en Australie, uniquement pour aller rencontrer une boulangère aborigène.

— Tu te rends compte, ma Clara, elle travaille avec des céréales sauvages et un levain qui aurait plus de mille ans !

J'ai haussé les sourcils pour partager l'enthousiasme de mon amie.

— Je te rapporterai un morceau de son pain. Tu verras, ça doit être dingue ! Mille ans dans un morceau de pain…

Le pain vivant

Comme j'aime la nuit !

J'aime le moment du jour qui laisse sa place à la nuit. L'astre nocturne que nous voyons si peu est pourtant à l'origine de tant de mouvements, marées intérieures ou extérieures. J'aime que la pâte soit à l'unisson de la lune pour qu'elles se lèvent ensemble. C'est pour cela que chaque jour mon horaire varie. J'enfourne les pains au moment où la nuit s'efface devant la lumière.

Quand je pétris la pâte, j'ai besoin de silence car j'écoute ce que la nuit fait au pain. Chacune est différente. Chacune a son humidité, son vent, sa lune. Le pain, c'est la rencontre entre la lune, l'eau, la farine et le levain. Chaque jour la pâte se renouvelle et varie car le levain est vivant. Il est une alchimie, un fragment de vie qui m'est confié et qui va épouser ma propre histoire. Du soin que je lui prodigue dépend sa vie ou sa mort.

Ma relation au levain porte l'empreinte de mes voyages, je m'inscris dans le sillage de traditions anciennes.

Si on analysait l'ADN de mon pain, on pourrait remonter le temps et retrouver la signature de ceux qui en ont pris soin. Mon premier levain venait d'Italie. Il y a d'extraordinaires boulangers dans ce pays. Ils n'ont jamais cessé de cultiver des céréales anciennes et leur savoir-faire de maçons leur permet de fabriquer des fours dans les règles de l'art. Je suis reconnaissante à Batista, il est venu spécialement de la région de Naples pour créer le mien. Un Napolitain à Bréhat, c'était une première. On a inauguré ensemble le four avec tout le village en partageant une pizza napolitaine géante.

Il est 3 heures du matin.

J'ai ravivé les braises d'hier et ajouté des bûches dans le fournil. Cinq morceaux de bois… Avec le temps j'ai appris que cinq bûches font une cuisson.

Mes pâtons sont prêts, façonnés, ils reposent avant leur rencontre avec le feu. J'attends que la flamme se calme pour répartir les braises sur les côtés et enfourner.

Je suis sortie.

À cette heure, la seule lumière de toute l'île est celle qui brille ici. Je suis comme les gardiens de phare d'antan, j'entretiens une lampe.

Comme j'aime la nuit !

J'ai alors le sentiment privilégié d'être seule au monde. Mais aussi reliée par le ciel et ses étoiles à ceux qui sont loin.

Pour mes sept ans, mon père m'a offert un cadeau inoubliable : une nuit en bivouac dans le désert. Allongée à même le sable, je n'ai pas dormi. Ou plutôt je ne me suis endormie qu'au moment où a disparu la dernière étoile. J'avais voulu les regarder une à une, ne pas en perdre une miette, parvenant même à voir le ciel en relief, percevant les plus proches et les plus lointaines, à en avoir le vertige. Papa était allongé à côté de moi. Il avait bricolé un feu de quelques bois secs juste suffisants pour faire bouillir de l'eau, jeter la menthe dans une petite théière, et quelques morceaux de sucre.

J'ai encore dans la bouche le goût de menthe sucrée de cette nuit au désert.

Mon père m'avait récité quelques sourates en me racontant que l'on appelle « nuit du destin » celle où l'archange Gabriel a révélé à Muhammad les mots de Dieu qui forment le Coran.

Je réalise ici que mon rapport à la nuit est sûrement né dans ce désert. J'écoute les nuits. J'attends leurs révélations. Elles ont ce silence que n'ont pas les jours.

Je pense à Thomas, cet ancien professeur de maths qui a créé cette merveilleuse école de boulangerie au-dessus de Sisteron où j'ai tout appris. Lui aussi aimait la nuit. On ne peut être boulanger si l'on n'aime pas la nuit, disait-il. « Nous veillons sur les songes de l'humanité endormie. »

4.

La pierre brisée

— Bonjour, ma p'tite mère.

— Bonjour, mon chéri, où es-tu ?

C'est toujours la première question que je pose à mon marin de garçon quand il me téléphone.

— À Toulon, tout bêtement.

C'est le seul port où Antoine possède un anneau. Son voilier est sa maison. Parfois il emmène des passagers pour un tour en Méditerranée, mais le plus souvent il est skipper pour des propriétaires qui ne savent pas naviguer. De temps en temps il assure un convoyage seul à bord, notamment quand il faut ramener à vide un bateau à son port d'attache, ou que ceux qui vont embarquer veulent partir d'un autre port. Il a ainsi traversé à plusieurs reprises l'Atlantique, vécu une année aux Antilles, découvert le Pacifique, où j'ai cru qu'il allait rester après avoir rencontré une Polynésienne. Mais Antoine avait la bougeotte et il a repris la mer.

— Tu vas bien, m'man ?

— Très bien. Et toi ?

— Super. J'ai un break de dix jours. Je pensais venir te voir la semaine prochaine.

— Génial.

Il en va toujours ainsi. J'ai renoncé à donner des rendez-vous lointains à mon fils, mais il retourne à Bréhat régulièrement et m'annonce invariablement son arrivée pour le lendemain, ou presque.

— J'ai un truc à te raconter. Hier en prenant mon café, j'ai lu *Var-Matin*. Il y avait une annonce de la mairie signalant qu'elle allait reprendre les tombes en état d'abandon si les familles des défunts ne se manifestaient pas. Suivait une liste de noms, dont celui de Pierre d'Alaigre. Comme tu m'as toujours dit qu'il n'y avait qu'une seule famille qui portait notre nom, et qu'on n'est pas vraiment du Sud, j'étais intrigué et suis allé faire un tour au cimetière. Là, le gardien, qui avait un grand registre, m'a guidé devant une tombe abandonnée. La pierre tombale était cassée en deux et recouverte de mousse. À côté de toutes celles qui ont une stèle ou un petit enclos, elle est vraiment misérable. Je ne voyais même pas l'inscription du nom. Le gardien m'a demandé si j'étais de la famille, j'ai dit non, enfin, qu'à vrai dire je n'en savais rien. Mais que c'était ton nom, le nom de ma mère. Et que des Alaigre, il n'y en avait pas des kilos, même si les Bretons se baladent un peu partout dans le monde. Il m'a quand même dit que cette sépulture avait quelque chose de bizarre. Il a pris un petit couteau et il s'est mis à gratter la mousse pour dévoiler une inscription : Pierre d'A. C'est la seule tombe du cimetière où le nom de famille n'apparaît pas. Voilà, c'est ce qu'il m'a dit. En fait, le nom d'Alaigre n'apparaît en entier que dans le registre.

— Incroyable, ton histoire. Et alors ?

— Ben, c'est pour ça que je t'appelle. Tu sais qui c'est, Pierre d'Alaigre ? Il a été enterré là en 1873.

— Aucune idée, mon chéri, mais moi, l'histoire de la famille, je la connais mal. Si tu veux en savoir plus, appelle Kerantec. Tante Louise est une véritable encyclopédie.

Le château de Kerantec est le berceau de notre famille. Et c'est désormais ma grand-tante Louise qui y vit seule en attendant que son fils prenne le relais. Récemment, tous les descendants de l'aïeul commun s'y sont retrouvés pour fêter les six cents ans de ce manoir breton qui occupe un joli vallon costarmoricain.

Patrick était bien plus intéressé que je ne l'étais par mon histoire familiale. Il trouvait cela fascinant d'avoir épousé l'arrière-arrière-arrière-petite-fille d'un écuyer de Du Guesclin. Lui-même n'était pas capable de remonter au-delà de quatre générations. Il avait tenu à ce qu'Antoine porte nos deux noms. Une volonté que notre fils prolonge aussi le sillage du matronyme, puisque je suis fille unique. C'est ainsi qu'Antoine s'appelle « Grivant d'Alaigre ». Plus jeune, il trouvait ce nom très encombrant car il générait, dès l'appel de la rentrée des classes, des remarques de ses camarades. Puis, avec le temps, Antoine a assumé le choix parental. Avec son allure, ses cheveux longs, sa barbe de trois jours, des espadrilles qu'il traîne comme des babouches et ses vareuses usées par le sel, il ressemble à tout sauf à un aristo.

Moi-même, j'ai porté ce nom sans qu'il soit un poids. Et puis j'aime bien cette homonymie joyeuse ; mieux vaut avoir l'allégresse comme frontispice plutôt que le désespoir.

***

Le lundi suivant, Antoine m'appelle de la pointe de l'Arcouest.

— C'est bon. Je prends le bac de 10 heures.

— Super, à tout de suite.

Nous avons adopté cette habitude d'aller chercher ceux qui débarquent sur l'île. Il suffit qu'ils nous préviennent quand ils sont sur le quai de l'autre rive. Quinze courtes minutes relient le continent à l'île et il en faut encore une vingtaine pour rejoindre la maison depuis le débarcadère du Port-Clos.

À Bréhat, pas de voitures, mais des vélos et les fameuses carrioles que tirent à la main les habitants pour transporter leurs bagages ou faire leurs courses.

C'est ainsi que je retrouve mon fils. Antoine aime cette île, c'est ici qu'il a appris à naviguer avec Patrick et notre ami Yann. Ce dernier possède une vieille goélette à la voile rouge garance, connue de tous. L'archipel de Bréhat, avec sa centaine d'îlots, est une excellente école. Rares sont ceux qui y ont une maison et qui n'ont pas également un bateau.

À l'image de son rapport nostalgique à l'île, la chambre d'Antoine est encore pleine de toute sa vie, des vestiges de l'enfance aux indices de l'adulte qu'il est devenu. Y cohabitent des peluches de dauphins et de tigres blancs avec des trophées de compétitions de planche à voile et une belle collection de vinyles largement nourrie de celle de ses parents. De Crosby, Stills, Nash & Young à Cat Stevens, America, Genesis ou Pink Floyd, je sais qu'il est de retour quand la maison résonne de l'ambiance des années soixante-dix.

Antoine est un fils affectueux, attentionné, « une perle », me dit souvent Yann.

En revenant du bac, nous achetons du poisson, car la perle aime aussi cuisiner, et c'est ainsi que nous nous retrouvons à préparer le repas.

— Tu sais, j'ai appelé tante Louise au sujet de la tombe de Toulon, mais elle est vraiment devenue sourde, et j'avais beau crier, elle ne comprenait qu'un mot sur deux de ce que je lui racontais. Si on allait la voir dans la semaine ?

— Bien sûr. Cet après-midi j'ai un rendez-vous, sinon c'est quand tu veux.

— Pas de problème. Tes bons vieux patients sont prioritaires, évidemment !

Antoine dit cela en souriant. Enfant, il a dû apprendre à composer avec une mère qui, parfois, bien en dehors des heures de travail, répondait aux appels. « Une urgence », justifiais-je alors… Patients mystères, puisque, par principe, je leur devais une discrétion à toute épreuve.

— Elle n'est pas très vieille, celle-là.

— Comment ça ?

— C'est une nouvelle patiente.

— Mais tu n'avais pas dit que tu arrêtais ?

— Si…

Antoine sourit avec indulgence.

— Maman ! Tu vas me dire que c'était un cas de force majeure, une vraie détresse ? Que tu ne pouvais pas faire autrement ?

— Même pas.

— Alors quoi ?

— Alors rien. Je ne peux pas t'expliquer pourquoi j'ai accepté. Si ce n'est qu'elle a beaucoup insisté. Au point de venir sur l'île alors que je l'avais éconduite.

Pas vraiment en détresse. Mais bon, c'est comme ça, je la vois à 15 heures.

— Tu fais bien comme tu veux, mais tu n'arrêteras jamais.

— Si. Après elle…

5.

Au-delà des rêves

Aëlwen entre dans ce cabinet qui a accueilli tant d'autres patientes auparavant.

Mais aucune n'est pareille aux autres. Toutes sont des histoires singulières et sacrées.

Aëlwen embrasse du regard la pièce où je la reçois. Elle s'approche de la grande baie vitrée orientée vers le large, puis se dirige vers la bibliothèque et examine les livres, s'attardant devant les rayonnages, inclinant la tête pour lire leurs dos. Un peu indiscrète, me dis-je.

Je reste debout, derrière mon bureau. La regardant appréhender les lieux comme personne ne l'a jamais fait avant elle.

Puis elle se retourne et me dévisage. Je perçois cette tension qui existe chez tous ceux qui poussent la porte d'une psychanalyste pour la première fois. Comment cela va-t-il se passer ? Que va-t-on trouver au fond de soi-même ?

En même temps que je m'assois, je l'y invite également.

— Installez-vous où vous voulez.

Séparés du mien par ma table de travail, deux fauteuils me font face. Elle choisit celui de gauche, celui qui permet de tourner son regard vers la mer.

4 avril 2022 – 15 heures. Mer calme, beau temps, peu nuageux, sans vent.

— Je vous laisse me dire pourquoi vous souhaitiez me rencontrer ?

— Vous voulez que je vous raconte mon histoire ?

— Je veux comprendre pourquoi vous êtes là, pourquoi vous êtes venue dans mon jardin. Commencez comme vous en avez envie.

— Je suis venue parce que je suis enceinte. Je ne voulais pas garder cet enfant. Je n'aurais pas dû être enceinte. Je prends mes précautions. J'ai eu une relation avec un garçon, mais c'était rien. Juste comme ça. Un soir. Je ne le vois plus. Nico. Nicolas.

— Il sait que vous êtes enceinte ?

— Ben non.

— Continuez…

— Mes règles ne venaient pas. Ça arrive parfois que j'aie un peu de retard. Au bout de quelques jours, j'ai fait un test. Vous savez, les deux petits traits sont apparus. comme pour le Covid. C'était pas une bonne nouvelle, mais… je me suis dit que c'était pas si grave. On peut toujours avorter.

— C'est la première fois que vous êtes enceinte ?

— Oui. Je vous l'ai dit, je prends mes précautions. Quand j'ai fait le test, c'était le soir. J'ai pensé que j'irais voir mon médecin le lendemain pour avoir une ordonnance. C'était évident.

— Qu'est-ce qui était évident ?

— Que j'allais avorter.

— Alors…

— J'ai fait un rêve. Cette nuit-là, je veux dire. J'ai fait un rêve. Vous savez, je suis anthropologue.

— Non, je ne sais pas.

— Je suis anthropologue, c'est-à-dire que j'étudie les fonctionnements des humains en société, en particulier chez les peuples autochtones. J'ai été en Mongolie, mais aussi en Mauritanie, dans le désert de l'Adrar, et en Norvège, où j'ai passé une année dans une famille de Samis. C'est là que j'ai découvert les voyages chamaniques. Vous connaissez ?

— Non, pas ces voyages, mais les chamans, j'en ai entendu parler.

— Peu importe. Ce que je veux dire, c'est que je suis habituée à ces expériences où la conscience est traversée, habitée autrement. Où l'on se retrouve dans un autre espace.

— Et alors ?

— Dans mon rêve il y avait des femmes. Elles franchissaient un fleuve. Sur l'une des rives du fleuve, tout était sombre, elles semblaient tristes. Leurs habits étaient ternes et sans couleurs. Sur l'autre rive, la végétation était luxuriante, il y avait des orangers, des bougainvilliers, des hibiscus et des oiseaux verts. Les femmes souriaient, leurs habits étaient chatoyants et elles portaient chacune un bébé dans les bras. Comme si la traversée du fleuve les avait fait accoucher.

— Votre rêve ressemble à un mythe…

— Oui. Mais moi, je voulais avorter. Enfin, je veux avorter… Je ne veux pas d'un enfant.

— Continuez…

— Vous ne comprenez pas ?

Sa question est posée sans agressivité.

Et je lui demande à mon tour le plus simplement possible :

— En quoi ce rêve vous a-t-il perturbée ?

— En fait, en me réveillant, je me suis dit que ce n'était pas si simple. Que la décision d'avorter n'était pas facile. Vous comprenez ?

— J'entends qu'elle est devenue moins évidente que la veille à cause de votre rêve.

— Je suis allée voir Sophie. On peut dire que c'est ma meilleure amie. C'était particulier, car même si je savais que je voulais avorter, j'avais besoin d'en parler. J'ai retrouvé Sophie chez elle pour dîner. Elle a un petit garçon. Il a quatre ans. Il s'appelle Paul. Sophie l'élève seule depuis le départ du père il y a un an. Je lui ai raconté ce qui se passait. Elle était surprise que je puisse me poser la question de garder cet enfant sans qu'il soit le fruit d'un choix partagé avec un père. Et encore plus surprise du fait que je ne sois pas amoureuse de Nico et qu'il ne représente rien pour moi. Elle m'a aussi dit que c'était très dur d'élever seule un enfant. Qu'elle n'avait plus de vie sociale. Que même si elle adorait son petit Paul, rien n'était simple. Et encore moins de trouver un chéri. Je suis sortie de chez elle totalement déterminée. Et prête à aller le lendemain chez le médecin.

Aëlwen marque un temps d'arrêt. Silencieux. Je lui laisse ce temps. Elle fait tourner un anneau en argent autour de son majeur gauche.

— Et puis j'ai à nouveau rêvé. Ma mère.

— Votre mère ?

— Oui, elle était dans mon rêve. C'était la même rivière que la veille. Mais j'étais seule d'un côté et elle se trouvait de l'autre. Elle me tendait les bras. M'invitait à traverser. Elle me souriait. Je me suis réveillée en larmes, en pleine nuit.

Les larmes recommencent à couler sur ses joues.

Après un long silence :

— Maman n'est plus là. Elle me manque.

— Je comprends. Peut-être de façon encore plus forte en ce moment ?

— Oui… « Giralda », c'est son nom à elle. À sa mort j'ai décidé de le porter. Comme pour avoir quelque chose d'elle toujours accroché à moi.

— Et votre père ?

— Il a compris. J'ai un père adorable, qui comprend tout, présent autant qu'il le peut. Un papa poule, mais ça ne remplace pas une mère. Et j'ai deux frères. Plus jeunes.

— Vous êtes donc l'aînée.

— Oui. Papa vit à Nantes avec mon frère Tanguy, qui est encore étudiant. Yves habite en Tasmanie. Il en rêvait. Il fait beaucoup de surf, je crois.

— De quoi est morte votre mère ?

— D'un cancer. Il y a cinq ans. Ç'a été fulgurant.

— Dans votre rêve, vous lui parliez ?

— Oui. Maman était une grande féministe. Elle a été très active au moment de la loi Veil, elle était chargée d'accueillir les femmes dans les plannings familiaux. Même si je suis sûre qu'elle aurait respecté mon choix, elle n'aurait pas vraiment compris mon hésitation. Elle m'aurait certainement dit qu'elle ne s'était pas battue ainsi pour que sa fille devienne une « fille-mère ». Je me souviens de cette terrible expression qu'elle utilisait au sujet des jeunes femmes qui étaient rejetées par leur famille. Mais c'était une autre époque. Et les Bretons n'étaient pas vraiment progressistes.

— Et alors ?

— Je suis allée voir mon père.

— Ah…

— Oui. Lui aussi est assez féministe. Il était aussi dans les manifs. Et il m'a dit, je crois, exactement ce que m'aurait dit ma mère, sans doute avec plus de douceur qu'elle.

— Vous entendez par là que votre père est plus doux que votre mère lorsqu'il vous parle ?

— Oui. Et c'est là que mon père m'a donné votre bouquin. Il m'a dit que ç'avait été un livre majeur pour ma mère. Qu'elle ne savait pas comment s'y prendre avec moi et que cela l'avait libérée de vous lire. Que vous aviez remis en question l'image de la mère parfaite qui était la seule option à l'époque. Il se souvient aussi que vous étiez dans les cortèges, et que souvent les journalistes vous interrogeaient.

— Effectivement, j'ai manifesté à Nantes à cette époque.

— J'ai lu votre livre. C'est fort, tout ce que vous dites. Je vous suis reconnaissante d'avoir écrit cela. Quelque part, je suis le fruit de vos conseils. Je suis tombée sur la photo de vous en couverture avec votre bio qui indiquait que vous étiez psychanalyste. Et alors il m'est apparu comme une certitude que je devais absolument vous voir, vous. Que je ne m'en sortirais pas toute seule. Papa m'a aussi dit qu'il comprenait qu'avorter ne soit pas une décision qui se prend à la légère. Et que c'était plutôt bien de m'accorder ce petit temps pour l'assumer. Enfin, il m'a invitée à aller voir ma grand-mère. La mère de ma mère…

— Pourquoi ?

— Car il sait que je l'aime beaucoup ; que, souvent, elle me relie à maman. Elle m'en parle et la rend encore un peu vivante dans ses mots. J'ai une grand-mère merveilleuse.

— C'est un lien précieux ?

— Oui. Mais ma grand-mère…

Nouveau silence.

— Votre grand-mère…

— Ma grand-mère m'a fait une révélation. Quelque chose qu'elle n'avait jamais dit, pas même à ma mère. Ce qu'elle m'a dit, c'est que si elle-même avait été de ma génération, je n'existerais pas.

Je mets un temps à saisir ce que signifient les paroles d'Aëlwen.

— Vous voulez dire…

— Oui. Que ma mère n'était pas une enfant désirée. Que ma grand-mère n'a pas eu le choix. Que ma mère est née alors que mon grand-père et ma grand-mère ne s'entendaient plus. Et que la naissance de ma mère a marqué la fin d'une relation qui était déjà morte. Je suis rentrée chez moi avec cette révélation.

— Qui changeait quoi ?

— Qui changeait tout.

— Pourquoi ?

— Mais enfin… Vous vous rendez compte, si ma grand-mère avait avorté, je ne serais pas là !

— Et alors ?

Je vois bien que je pousse un peu Aëlwen dans ses retranchements avec cette question.

— Vous voulez dire que le monde ne se serait pas arrêté de tourner ?

— C'est vous qui le dites…

Nouveau silence.

— Je vous propose d'en rester là pour aujourd'hui. Prenez quand même le temps de réfléchir après cette première séance et laissez-moi un message si vous voulez continuer.

— Mais je veux continuer. C'est sûr !

— Certainement. Mais c'est un petit principe que j'applique toujours avec mes patients. Les laisser revenir vers moi après notre première rencontre.

— OK. Je comprends.

Notre séance s'achève sur ces mots.

En traversant le jardin, la jeune femme croise Antoine qui la salue avec douceur.

Elle emporte dans son sillage son regard et le mien.

6.
Mourir d'aimer

— Très mignonne, ta nouvelle patiente.

— Antoine ! dis-je en levant les yeux au ciel.

— Jamais je n'oserais, fait-il en riant.

— Je m'en doute bien. À propos, tu ne me parles jamais de tes amours.

— Si un jour il y a quelque chose d'important, tu le sauras, ne t'inquiète pas.

— On dit que les marins ont une femme dans chaque port.

— On dit beaucoup de bêtises. Mais c'est vrai qu'avec la vie que je mène, je ne suis pas très rassurant pour une femme. L'engagement, les enfants, tout ça… C'est pas pour moi.

— Ce n'est peut-être pas le moment, surtout.

— Tu sais, vu les bulletins météo prévus pour les années à venir, ils sont nombreux, ceux de mon âge qui n'ont pas très envie d'avoir des enfants.

— Pas très envie ou qui se l'interdisent à cause de cela ?

— Voilà la psy qui se réveille… Avoir envie d'un enfant suppose quand même d'avoir un peu confiance en l'avenir, non ?

— C'est plus compliqué que ça. La volonté de se reproduire est profondément inscrite dans le cerveau primitif des êtres humains. C'est de l'ordre de l'instinct, du besoin collectif de l'espèce, au même titre que se nourrir. Même dans des temps très difficiles, durant les grandes guerres ou les grandes épidémies, les femmes ont continué de mettre au monde des enfants.

Tandis que je parle, je vois Antoine devenir songeur.

— Mais tu as raison, nous sommes à un moment particulier. Sans doute êtes-vous la première génération d'individus, au niveau planétaire, dont nous savons qu'ils auront une vie plus difficile que leurs parents. Il y a un enjeu existentiel.

— J'en ai bien conscience, mais ça ne me prend pas la tête. Nous sommes nés dans ce monde-là. À nous d'y vivre le mieux possible. Pour moi, tant qu'il y aura des océans, des bateaux et des îles où accoster, ça ira.

J'ai pour habitude, après chaque séance avec une patiente, de reprendre à chaud l'échange que nous avons eu. À l'aide d'un stylo vert, j'écris dans les marges des annotations, parfois des questions qui pourraient nourrir la prochaine rencontre.

Le cahier posé sur les genoux, je laisse mon esprit divaguer. Demeure en moi un trouble relatif à l'irruption d'Aëlwen dans ma vie. Non pas que cette jeune femme me dérange, mais j'ai l'intuition inexprimable d'autre chose.

Cette nuit-là, elle a habité mon sommeil. Pas un mauvais rêve mais un voile, une sensation mystérieuse. Je voyais une bibliothèque remplie de vieux livres, d'atlas, d'encyclopédies et de grimoires avec des textes cabalistiques. Elle déchiffrait leurs pages avec application. Comme s'il s'agissait de rébus ou de formules mathématiques. De temps en temps, elle me montrait avec joie ce qu'elle venait de découvrir. Je n'y comprenais rien. Mais Antoine, lui, comprenait… Il était assis dans un fauteuil en bois qui ressemblait à un trône surmonté d'une grande voile de bateau gonflée par le vent. À sa droite se dressait un léopard dont il caressait la tête.

Au réveil, en allumant mon portable, j'avais un message : « La semaine prochaine. Même jour, même heure ? Merci. Alwn. »

***

Au parking de l'Arcouest, nous récupérons notre vieille Coccinelle orange, qui subit les outrages de la vie à l'air marin, avec ses taches de rousseur un peu partout, mais qui démarre toujours au quart de tour. Nous allons rejoindre tante Louise qui nous a invités pour déjeuner à Kerantec.

Le château est au cœur du Trégor, dans cette Bretagne qui n'est pas tournée vers la mer ; celle des chemins creux et des arbres multicentenaires où vivent encore les légendes arthuriennes et où l'on s'attend à voir surgir Merlin à tout instant. Kerantec surplombe un vallon où coule le Jaudy, petite rivière sauvage qui traverse ensuite Tréguier avant de se jeter dans la mer.

En empruntant l'allée de grands chênes, je retrouve ce sentiment de reconnaissance envers celles et ceux qui entretiennent cette vieille maison et nous permettent, de temps en temps, un retour aux sources. Même si savoir d'où l'on vient n'éclaire pas où l'on va, les racines sont précieuses, en particulier quand surviennent les tempêtes. Antoine aime également cet endroit. Lui, pourtant athée jusqu'au bout des ongles, n'envisage d'ailleurs pas d'y venir sans passer se recueillir dans la vieille chapelle aux murs revêtus d'une fresque colorée aux accents fantastiques. Quand on regarde vers le ciel, on peut observer une charpente en coque de bateau où niche une dame blanche qui parsème de fientes les pierres tombales sous lesquelles des lignées d'Alaigre sont inhumées.

— Pas respectueuses, les chouettes. On se croirait dans Harry Potter, m'a-t-il dit enfant.

Kerantec n'est pas un château fort mais une grande bâtisse en granit entourée d'un parc où de vieux érables, des chênes et un ginkgo biloba millénaire structurent un paysage égayé par des massifs d'hortensias comme il n'en existe qu'en Bretagne. Deux belles tours rondes complètent ce tableau champêtre d'un autre siècle que rien ne semble avoir perturbé.

Tante Louise nous attend sur le perron de la porte principale, surmontée du blason familial : deux silhouettes de léopards superposées, tête bêche. *Audacibus audax* est la devise de la famille d'Alaigre. « Audacieux parmi les audacieux »… Pas si facile à porter.

— Difficile d'être à la hauteur toute une vie, m'avait dit Patrick. Mais tu t'en sors pas mal en m'ayant choisi, avait-il ajouté en riant.

Qu'est-ce qu'être audacieux ? C'est une vraie question. L'audace d'aujourd'hui ne revêt certainement pas la même forme qu'à l'époque des chevaliers. Auparavant, elle avait souvent pour attributs la force, la vitesse et, pour finalité, la conquête de terres lointaines ou la défense d'un territoire. Les chevaliers combattaient et généralement mouraient jeunes mais glorieux. Aujourd'hui, l'audacieux n'est-il pas celui qui ralentit, qui va réinterroger ce qui l'a conduit à devenir ce qu'il est ? Celui qui ose sortir des chemins parcourus pour en dessiner de nouveaux ? Parfois, être audacieux, c'est simplement écouter le silence et s'extraire du bavardage quotidien. Se poser en toute légèreté comme une plume, avec pour seule gloire celle de ne rien déranger. J'aime l'audace des moines, des poètes, des jardiniers…

— Quelle joie, mes enfants !

Même si elle en a eu quatre avec l'oncle Jean, tous ceux qui viennent à Kerantec sont les enfants de tante Louise. Son accueil est toujours d'une grande chaleur.

Ma châtelaine préférée a effectivement perdu quelques points d'audition, mais reste une vraie bavarde doublée d'une grande curieuse. Elle s'intéresse à la vie de chacun et elle qui a si peu voyagé, tenue d'assurer l'intendance de son domaine, boit les paroles d'Antoine lorsqu'il raconte sa dernière croisière dans l'Adriatique. Sa culture à elle lui vient des livres et de la presse, aussi ponctue-t-elle ses propos de « Oui, j'ai vu ça » ou « J'ai lu un article sur ce lieu » ou « Bien sûr, Untel en a parlé à la radio » qui laissent à penser qu'elle en sait au moins autant que mon fils sur ses terres d'aventures.

En fin de repas, dégustant son far aux pruneaux légendaire, c'est elle qui relance Antoine :

— Alors, mon chéri, cette histoire de Toulon ?

Il raconte tout. L'article de *Var-Matin*, sa visite au cimetière et cette inscription tronquée sur la tombe abandonnée.

Tante Louise ponctue le récit de bras qui se lèvent et de sourcils qui se dressent, signifiant l'étendue de ce qui, visiblement, n'est pour elle qu'une demi-révélation.

— Oh mon Dieu ! s'indigne-t-elle à l'évocation de la sépulture brisée.

Hochant lentement la tête, les yeux fermés, elle laisse échapper comme un murmure :

— Il fallait que tout cela ressorte au grand jour…

Puis, après un long silence et une longue respiration, elle nous dévoile les pièces manquant au puzzle, partageant avec nous un épisode resté dans l'ombre de la saga familiale.

— Même si personne ne savait où pouvait être sa dépouille, ce que tu as trouvé est la tombe d'un ancêtre de la famille. Une bien triste histoire au demeurant. Au XIXe siècle vivaient ici une mère, Léontine, et ses deux fils, Pierre et François. L'un et l'autre se partageaient les tâches à assurer dans le domaine après la mort de leur père. Pierre s'occupait de l'élevage des chevaux et François veillait aux récoltes et conduisait les employés agricoles. Pierre était de deux années l'aîné de son frère. Il avait vingt-deux ans quand est advenu le drame. Un jour, Léontine a découvert que ses fils étaient tous les deux épris de la servante qui assurait la tenue de la maison.

— Ça, c'est jamais une bonne idée, relève Antoine.

— Situation ô combien malheureuse et à laquelle leur mère a décidé de mettre fin en la renvoyant.

— La soubrette ?

— Oui, que voulais-tu qu'elle fasse, mon enfant ?

— Je ne sais pas. Si c'était un grand amour, c'est quand même dur !

— À l'époque, le « grand amour » n'était pas vraiment le premier critère recherché dans nos familles. Il fallait surtout que ce soit une belle alliance.

— Arrête d'interrompre ta tante, Antoine, ajouté-je, impatiente de savoir la suite.

— L'histoire dit qu'elle a quitté le château avec des gages importants car notre aïeule ne voulait pas être injuste envers cette jeune fille qui n'était pour rien dans la passion de ses fils.

— C'est le minimum, ne peut s'empêcher de ponctuer Antoine.

— Le jour du départ, Léontine, accompagnée de François, en pleurs, a salué la jeune femme qui a ensuite été emmenée à la gare de Tréguier par un cocher du village.

— Et Pierre ?

— Justement. Lui avait disparu et n'a pas assisté au départ. Mais dès que la calèche a dépassé l'allée des grands chênes, il est sorti de la vieille tour un fusil à la main en se dirigeant droit vers sa mère.

— Aïe, aïe, aïe… Je crains le pire… Il a tué sa mère…

— Non. Pas du tout… Il a abattu François.

— Quelle horreur !

— L'angoisse ! ajoute Antoine.

— Effectivement…

— Et alors ? Comment Pierre a-t-il atterri à Toulon ?

— Il s'est rendu le jour même aux gendarmes. Jugé au tribunal de Quimper, et condamné au bagne. Ceux de Cayenne et de Nouvelle-Calédonie étaient réservés aux criminels les plus dangereux. Il a sans doute été estimé que Brest était trop près et qu'il fallait l'éloigner de la Bretagne. C'est ainsi qu'il s'est retrouvé à Toulon.

— Pauvre mère. Elle a perdu ses deux fils en même temps.

— Oui. C'est terrible… Mais c'est toi, mon chéri, qui aujourd'hui éclaire une facette inconnue de cette histoire.

— Je vois.

— Oui. Je savais que Léontine avait rejoint Toulon presque vingt ans plus tard. Et ce que je comprends aujourd'hui, grâce à toi, c'est qu'elle n'a sans doute pas voulu déshonorer le nom d'Alaigre en l'inscrivant sur la tombe d'un bagnard.

— Quelle histoire de dingue !

— Dramatique. Mais venez, je vais vous montrer autre chose…

Tante Louise, détentrice des archives de notre grande histoire familiale, adore la raconter, d'autant qu'elle possède un talent digne des meilleurs griots.

Nous voici donc suspendus à ses lèvres, n'imaginant pas que nous sommes loin d'avoir terminé d'explorer la malle aux trésors, et encore moins jusqu'où cela nous mènera.

Nous accompagnons tante Louise à l'étage, dans une pièce que je ne connais pas. Quand nous venions ici enfants, nous improvisions des cache-cache mémorables dans ce château, jusqu'à nous faire un peu peur dans les sombres greniers. Mais jamais nous n'avons poussé la porte de cette pièce. Et pour cause, elle était fermée, et la clé accrochée au linteau, inaccessible pour des enfants. Nous découvrons une bibliothèque lambrissée aux quatre murs couverts de rayonnages avec un grand tapis afghan au centre et quelques fauteuils dédiés à la lecture. Cet endroit est vraiment magnifique, et impressionnant. Ces livres alignés, pour un grand nombre reliés en cuir avec leur tranche dorée, sont un autre aspect du berceau familial. Celui de la pensée, environnement culturel qui a accompagné, vie après vie, ceux qui ont côtoyé ce lieu et lu ces ouvrages. C'est une bibliothèque vivante, nourrie avec le temps d'apports contemporains. C'est ainsi que, dans la partie la plus récente, après Hugo, Camus, Giono, Kessel, Weil ou Saint-Exupéry, on trouve Kundera, Duras, Sagan, Lévi-Strauss, Héritier et plein d'autres. Le dernier sur l'étagère est signé Christian Bobin.

Là, tante Louise sort un vieux classeur, le feuillette, puis le pose ouvert sur un guéridon et commente une photo ancienne :

— Regarde, Antoine. Ici ce sont les deux frères et leur mère devant la maison.

— On croirait que rien n'a changé…

— Tu sais, les châteaux, on ne refait pas leur façade tous les quatre matins.

— Mais puisqu'elle n'avait plus de fils, qui a repris le château ?

— Henri d'Alaigre, un neveu de Léontine.

— Et cette grosse enveloppe, qu'est-ce que c'est ?

— Ce sont toutes les lettres reçues de Pierre par sa mère durant son séjour au bagne. À peu près une par année…

Antoine et moi nous regardons. Nous sommes en présence des traces d'une histoire ancienne resurgissant dans le présent tels ces villages engloutis lors de la construction d'un barrage et dont l'église pointe, intacte, quand une grande sécheresse survient.

— Très touchant, acquiesce Antoine du bout des lèvres.

De mon côté, je reste muette. Je suis immensément troublée depuis que nous avons poussé la porte de la bibliothèque. La pièce où nous nous trouvons est strictement identique à celle du rêve de ma nuit passée.

Est-il plus réel qu'un songe ?

J'ai le sentiment étrange que nous ne sommes qu'au début d'un dévoilement. Et mon expérience de psychanalyste m'a enseigné qu'il y a toujours un effet domino quand un secret est mis en lumière.

Aucune famille n'est à l'abri de ces révélations qui souvent adviennent par hasard, à la faveur d'une photo trouvée dans un tiroir jamais ouvert, d'une carte postale jaunie, ou d'une petite annonce dans un quotidien régional…

7.
Entre les lettres

Sidonie me cueille à sa façon, un matin alors que je viens lui acheter du pain.

— Toi ! Tu devrais lire ça ! dit-elle en me tendant *La Patience des traces* de Jeanne Benameur.

— Ah bon… Et que me vaut cette injonction ?

— Pas une injonction, une invitation bienveillante, mon amie.

— Merci, Sido. Ça raconte quoi ?

— L'histoire d'un psychanalyste qui ferme son cabinet et s'en va au Japon. Mais je ne t'en dis pas plus…

— Encore le Japon ? Comme Barbery…

— Oui, ça doit être à la mode. Mais je crois aussi qu'il y a un truc avec ce pays. Tu sais qu'on dit que la France et le Japon occupent des polarités telles, avec des usages si différents, qu'il existe des Japonais qui partent en vrille après quelques jours dans notre pays ? C'est un psychiatre japonais qui décrit ça très bien, la désillusion de ces jeunes qui croient venir chez nous dans un pays romantique et sont frappés par la réalité, bien plus rude. Le romantisme, c'est notre cinéma ou notre littérature, pas la vraie vie…

— C'est triste, ton histoire !

— Si ça permet de garder nos *French lovers* pour nous, c'est pas plus mal.

— Tu exagères. Faut savoir partager ce que l'on a de meilleur avec les autres.

Nous rions toutes les deux et je repars avec un pain aux noix et *La Patience des traces* sous le bras.

À condition qu'il les laisse à Bréhat, Antoine a obtenu de sa grand-tante l'autorisation d'emporter les lettres de Pierre pour les lire. C'est ainsi que, durant les quelques jours où il reste sur l'île, il déchiffre passionnément les mots à l'encre usée.

Devant la cheminée où il a allumé un feu, allongé sur le tapis rouge en laine de l'Atlas, je scrute le visage d'Antoine, ses traits concentrés, les émotions qui s'invitent à mesure qu'il découvre les phrases ; qu'il les devine parfois, car le temps a effacé des signes, voire des mots entiers.

Sa patience m'intrigue. Il semble hypnotisé. Si bien que, lorsque je me retrouve seule devant le foyer de la cheminée, quelques heures plus tard, après son départ, je m'approche à mon tour du petit tas de lettres qu'il a laissé bien en évidence.

— Tu devrais les lire, maman, m'a-t-il dit en m'embrassant au moment de partir.

Il sait que j'ai toujours été passionnée par les correspondances. C'est un matériau en or pour une psychanalyste. Et voilà que je plonge moi aussi dans ces mots d'une autre époque.

Ce sont de longues lettres, la plus importante fait douze pages, d'une écriture appliquée, très serrée.

La première me bouleverse.

Je tremble à vous imaginer lire ces mots sur la petite terrasse où vous aimez prendre le soleil de la mi-journée. J'ai longtemps pensé à vous. Avant même d'oser vous demander pardon. Vous avez donné naissance à deux frères et ils vous ont été enlevés en un jour. Dès l'heure qui suivit mon geste, et chaque jour depuis davantage encore, je ne vis qu'avec une seule question : m'absoudrez-vous ? Il serait vain d'invoquer la folie. Rien ne m'excuse.

Comme Antoine, je suis touchée par cette lecture. Le pardon est un instrument majeur dans la caisse à outils d'une vie. Quand on est amené à s'en servir, on témoigne du caractère inconditionnel d'un amour. « Je t'aime malgré... » dit celle qui pardonne à celui qui l'a blessée. S'il y a pardon, c'est qu'il y a eu blessure. Que l'histoire aurait pu s'arrêter mais qu'elle reprend, souvent de plus belle. L'amour est tel un fleuve, il prend sa source dans le vif-argent d'un torrent de montagne. C'est après avoir emprunté cascades et canyons, bousculé les rochers, qu'enfin la rivière, rencontrant les prairies et les plaines, s'élargit et s'apaise.

Il en va ainsi de l'enfant avec ses parents. Le temps éprouve la relation. À chaque étape se rejoue la question « M'aimes-tu toujours, maman ? ». M'aimes-tu quand je ne suis pas le bébé que tu avais imaginé durant neuf mois ? M'aimes-tu quand je ne suis pas l'enfant surdoué que toi-même as pu être, jouant du piano à sept ans ? M'aimes-tu quand je claque la porte à l'adolescence et que tu désespères durant plusieurs jours que je te donne signe de vie ? M'aimes-tu quand je teste tes limites, et les miennes, jusqu'à t'empêcher de dormir ? M'aimes-tu quand tu découvres celui ou celle que j'aime et qui me fait oublier de te téléphoner le jour de ton anniversaire ?

Elles sont si nombreuses, ces occasions d'éprouver ce que nous appelons « aimer ». J'ose écrire aujourd'hui que l'on ne sait si l'on a vraiment aimé qu'après avoir franchi cascades et canyons et que le ruisseau devient rivière. Avant, on s'est enflammé, comme du petit bois ; or, un feu qui réchauffe n'est pas nourri de petit bois.

On vit comme on aime. L'amour fait osciller l'électrocardiogramme d'une vie, à la hausse comme à la baisse. Quand il advient, rien d'autre ne compte plus. Il est alors la boussole, souvent pour le meilleur, parfois pour le pire.

Aimer est paradoxalement la chose la plus facile et la plus compliquée. Faciles le premier regard, les premières heures, les premiers jours où les amants ont le sentiment qu'ils sont seuls au monde. Mieux que cela, que jamais personne n'a aimé comme ils aiment. Qu'ils sont envoyés sur terre pour témoigner de cette lumière qui les habite. Facile alors de tout justifier, de tout oublier du reste d'une vie, n'écoutant plus que le tambour assourdissant d'un cœur emballé.

Au rythme de ce tambour, on peut aller jusqu'à tuer son frère.

Dans les mots de Pierre, mots d'un autre temps, je découvre comment une bonne éducation, composée d'enseignements de morale, de sciences et d'humanité, a été balayée par le « tourbillon de grâce orné d'un regard tendre et vivant qui apparut dans ma vie ce jour d'automne où Maria poussa la porte de Kerantec pour la première fois ». Pierre évoque sa volonté de résister mais aussi son regard qui, à la dérobée, toujours se tournait vers la servante, « Andalouse aux cheveux noirs telles les ailes d'un corbeau et aux yeux bleus de l'Iroise ». Il dit sa douloureuse position d'aîné, condamné à donner l'exemple quand François, avec aisance et sans retenue, conversait avec la jeune femme, riait aux éclats, allant même un jour jusqu'à lui apprendre quelques pas de valse.

L'amour de Pierre était comme la lave d'un volcan couvant qui ne demandait qu'à jaillir à la première occasion. Les mots ont manqué à ce garçon. Combien de passages à l'acte adviennent quand les paroles font défaut…

Apprendre à parler aux enfants ne suffit pas. Il faut ensuite leur apprendre à dire, à exprimer. L'usage des mots, c'est l'usage du monde. Notre rapport diplomatique aux autres est un exercice qui mêle le « savoir-écouter » et le « savoir-dire ».

Alors nous naissons au véritable langage grâce auquel nous continuons de dessiner ensemble la mosaïque de l'humanité sans risquer de la malmener.

Ma mère tant aimée,

Le chemin de ma rédemption emprunte celui de votre pardon que j'implore.

Ce ne sont ni les murs suintants de la prison ni les rats qui partagent ma cellule qui me font souffrir mais l'idée même de votre douleur. Comment ai-je pu agir avec tant d'inconséquence ? Qui était celui qui tenait ce fusil et qu'aujourd'hui je ne reconnais pas ? Je n'attends d'autre rédemption que celle qui viendra de votre cœur.

L'être humain est ainsi fait qu'il est traversé par des pulsions de vie et de mort ; il est le fruit d'une cohabitation permanente entre conscient et inconscient. Tel Pierre, qui n'a jamais été surpris par son propre reflet dans le miroir ? Par ces pensées dont on ne s'imagine pas capable, petites bassesses misérables qui pourtant nous habitent également ? Les balayer d'un mouvement de bras, c'est passer à côté d'une occasion de se découvrir, dans un instant de retournement de nos plis les plus sombres. Tout n'est pas beau à voir dans une vie d'homme. Même les saints ont souvent croisé le regard du diable. La lutte contre l'ombre ne peut s'engager qu'avec la lumière comme alliée. Lorsque Pierre précise que le rachat de son acte passe par la seule rédemption maternelle, il continue la litanie des « M'aimeras-tu » de l'enfant. « M'aimeras-tu, moi, l'assassin de ton fils ? Pouvais-je commettre pire geste ? Est-il possible que tu m'aimes encore ? »

À la lecture de la cinquième lettre, Pierre n'implore plus le pardon de sa mère mais exprime sa reconnaissance. Reconnaissance émue de ce qui fut vécu avant le drame.

J'ai tant de gratitude pour les heures où vous m'avez appris à jouer du piano. Je garde en mémoire les partitions et j'enchaîne les notes sur le clavier imaginaire dessiné à même la poussière de ma cellule. Tant de gratitude pour les chevauchées que nous faisions dans notre si belle Bretagne où vallons et forêts remplacent la noirceur des murs du bagne durant mes rêves. Je rends grâce pour ce que je reçus et que je conserve, même dans ma nuit d'aveugle.

Comme dans les démarches thérapeutiques, il existe une étape clé pour celui qui, après avoir exprimé tout ce qui fut traumatisant, violences subies et souffrances encore ressenties malgré le temps, découvre que tout n'était pas noir. Ce tri, cette remontée à la surface de ce qui était beau malgré tout, devient le rai de lumière, imperceptible auparavant, qui conduit à découvrir que, s'il y a de la lumière sous la porte, c'est bien qu'il y a une porte…

Chercher la poignée, trouver la serrure, la clé, puis l'ouvrir, est un projet, un chemin, une raison de se battre, de vivre, d'être.

À la lecture de ces lettres, je redeviens une mère lisant les mots d'un fils. Il y a un peu de Pierre chez Antoine et inversement. Pierre y dit sa passion pour la terre africaine et ses traditions bien plus anciennes que le christianisme. Il aurait voulu être ethnologue et voyager. Il raconte à sa mère le bonheur de Champollion découvrant la pierre de Rosette. De même que la poussière de sa prison et le salpêtre des murs ont été claviers de piano imaginaires, ils deviennent tablettes où recopier les hiéroglyphes des sépultures égyptiennes.

Je décore les murs de mon tombeau des mêmes signes qui décoraient ceux des pharaons. Non que j'en sois un mais j'aime les divinités de la nature, célébrées par ceux qui m'ont précédé vers l'au-delà.

Supprimez les croyances et il ne reste qu'un monde vide de sens…

Je me souviens des mots d'Antoine alors qu'il revenait d'un voyage en Inde, bouleversé par les divinités qui habitent la vie quotidienne des hindous. Patrick avait réagi vivement :

— Moi, je ne crois à rien.

— N'est-ce pas déjà croire, papa ? Et si tu ne croyais pas que la journée à venir est une journée qui mérite d'être vécue, te lèverais-tu chaque matin ?

La conversation avait été riche et passionnante entre le père et le fils qui, au bout d'un long moment, s'étaient tournés vers moi et m'avaient demandé mon avis. J'avais pris quelques secondes de réflexion avant de répondre que, pour moi, vivre c'est douter et que douter, c'est croire… Je crois toujours aujourd'hui que vivre, c'est poser des pas sur un chemin incertain où l'on ne s'engage que parce qu'on espère qu'il y a quelque chose à trouver, une échelle à gravir, un meilleur à composer. Espérer, c'est un peu croire, non ? Saint Augustin disait qu'une communauté humaine est une architecture de croyances. C'est une vérité qui s'exprime dès les premiers gestes de nos ancêtres des cavernes. J'ai cependant du mal avec les croyances passives, celles où l'on s'en remet au destin pour conduire nos vies. J'aime être actrice de ce en quoi je crois comme de ce que j'espère.

C'est en tout cas ce que j'avais essayé de leur expliquer…

— Bien dit, maman !

— On est d'accord, avait surenchéri son père.

Il en allait souvent ainsi. Les deux hommes de ma vie aimaient frotter un peu leurs ego avant d'avoir recours au tiers féminin de la maison.

Les lettres de Pierre attestent également la puissance des livres. De ces simples objets de papier qui font disparaître momentanément les barreaux des fenêtres.

Je sais, ma chère mère, que vous comprendrez que, malgré ma condition, peut-être même grâce à elle, je goûte le bonheur de lire. Les livres sont autant de bateaux qui m'emportent. Inépuisables destinations qui n'attendent que moi sur ce quai invisible, composés des mots de ceux qui écrivirent un jour, pour moi. Car j'en ai la conviction, à chaque fois que j'ouvre un livre je crois qu'il m'attendait. J'en viens à parler avec le narrateur, comme avec les héros d'un récit. Je ne suis jamais seul.

La dernière missive est un adieu.

On ne meurt pas de vieillesse dans un bagne ; et rares sont ceux qui recouvrent leur liberté après avoir purgé leur peine. Je suis malade, ma mère. Je n'ai pas échappé à cette tuberculose à qui nos cellules offrent le meilleur terreau. Je n'ai pas peur. S'il est une vie qu'il n'est pas indispensable de prolonger, c'est bien la mienne. Je ne voudrais pas que vous me sentiez triste. J'aurai enfin l'éternité pour vous aimer, déshabillé du manteau misérable de ma condition humaine. Qui sait, je pourrai alors retrouver mon frère et me présenter à lui, vêtu de la lumière de votre amour, pour lui tendre la main. Réjouissez-vous de cette proche liberté céleste que je vais trouver. Et soyez assurée de ma plus infinie et affectueuse reconnaissance pour tout ce qui me fut donné. Votre fils. Pierre

On vit comme on aime.
On meurt comme on a été aimé.

J'aurais tant aimé connaître l'autre versant de cette correspondance...

8.

Les yeux de bois

Ma jeune patiente arbore un grand sourire en arrivant à sa séance.

— Bonjour.

— Bonjour, Claire. J'étais impatiente de notre échange. Je peux vous appeler Claire ?

— Pourquoi pas. Ce n'est pas dans mes pratiques habituelles, mais j'ai l'âge de certaines libertés.

— Allons-y, alors.

J'invite Aëlwen à prendre place sur la méridienne. Dans cette fameuse position qui caractérise les cures en psychanalyse. Je vois un quart de son profil : l'arrière de sa tête, un peu du côté droit de son visage et son corps, allongé. Je suis à la hauteur de ses épaules, légèrement en retrait, assise dans ce fauteuil aux larges bras où l'accoudoir tient lieu de support pour poser mon cahier, et écrire.

Elle regarde la mer.

— Ça va, Aëlwen ? Bien installée ?

— Très bien. Merci.

J'ouvre le cahier.

11 avril 2022 – 15 heures. Mer calme, ciel gris, plafond bas.

— J'ai repensé à ce que vous m'avez dit et à ce que vous avez écrit dans votre livre.
— Mais encore…
— Que je ne suis ni ma mère ni ma grand-mère. Que je devrais travailler la liberté d'être moi-même. Mais ce n'est pas si simple de s'affranchir de tels héritages.
— Je n'ai pas dit que c'était simple.
— Oui, mais vous m'invitez à considérer ma situation en faisant abstraction de là d'où je viens.
— Je vous invite à me raconter là où vous en êtes…
Aëlwen reste quelques instants dans ses pensées, brassées dans le sillage de mes mots.
— Peut-on vraiment aimer ce que l'on n'a pas désiré ?
— C'est votre question ?
— Oui. C'est quoi, le désir ?
Silence.
— Je crois que c'est ce que l'on souhaite, ce que l'on veut, ce dont on a besoin, ce qui nous met en mouvement.
— Qu'entendez-vous par là ?
— Que ce n'est pas identique, le souhait, la volonté et le besoin. Non… En fait non. Il y a des besoins qui sont vitaux. « Essentiels », on dit, c'est cela ? Manger, boire, se protéger… Le désir, c'est positif.
— Vous avez toujours désiré ce qui advient dans votre vie ?

— Non, pas du tout. Souvent, je fais avec. Parfois c'est une belle surprise. Mais je ne sais pas trop ce que j'attends, alors je prends les choses comme elles viennent. Je ne calcule pas.

— Que diriez-vous de la relation entre votre grand-mère et votre mère ?

— Elles s'aimaient beaucoup. Maman répétait d'ailleurs que sa mère était sa meilleure amie.

— Vous en pensez quoi ?

— Je ne sais pas.

— Vous diriez également cela de votre relation à votre mère ?

— Non, pas du tout. Ma mère était ma mère. Bien à sa place.

— C'est-à-dire…

— Éducative. Soucieuse de m'aider à grandir au mieux. De m'offrir le meilleur, dans la mesure de nos moyens matériels. C'était pas le luxe, chez nous. Ma mère voulait me rendre autonome.

— Mais elle vous aimait aussi…

— Oh oui. Beaucoup… Beaucoup…

Les yeux d'Aëlwen brillent de larmes naissantes.

— C'est un souvenir plein d'émotions.

— Oui… On peut ne pas être désirée et pour autant être bienvenue.

— Vous souriez.

— Oui, c'est une femme qui m'avait dit cela à Chinguetti, en Mauritanie. Elle parlait de son bébé. Quand je lui avais demandé si elle l'avait désiré, elle m'avait répondu « Non, mais il est le bienvenu ». Vous savez, c'est une variante du fameux *Inch'Allâh*, « Si Dieu le veut », comme si nous n'étions pour rien dans ce qui nous arrive.

— Et donc, aujourd'hui ?

— Aujourd'hui… je ne sais pas. Que voulez-vous que je vous dise ?

— Ce que vous voulez. Nous ne sommes pas à Chinguetti, vous n'êtes pas musulmane…

— Je peux faire ce que je veux de ce bébé.

— Vous êtes enceinte de combien de semaines ?

— Six semaines. Je ne sais même pas si c'est déjà un bébé, ou peut-être moins encore…

— Moins ?

— Pour le moment ce n'est pas exactement un fœtus. Cela peut le devenir, ou pas. Ça dépend de moi.

— Vous en parlez autour de vous ?

— À mon père, à ma copine Sophie, à ma grand-mère, c'est tout.

Silence.

— Et votre ami ?

— Nico ? Je vous ai déjà dit que c'était juste un soir.

— Et si vous poursuivez la grossesse ?

— Donc vous croyez que je dois lui en parler ?

— Je vous pose la question. Je ne sais pas.

— Peut-être… Ben oui. C'est mon ventre. Mais si ça devient un bébé… Mais ce n'est pas à lui de décider. Si je ne veux pas de ce bébé, c'est ma vie.

Je laisse Aëlwen avec son silence, regardant au loin une mer grise à l'unisson du ciel.

— Sauf si je le garde. Si je le garde, c'est sûr qu'il faudra qu'il le sache. Mais sinon, c'est pas la peine.

Aëlwen réfléchit à voix haute.

— Mon père aussi, il pense comme vous.

— Ah bon, et je pense quoi, moi ?

— Que je devrais en parler à Nico. Mais, franchement, c'était tellement rien.

— Je n'ai pas dit que vous deviez lui en parler. Je pose juste la question.

— Ah là là… Je sais, vous ne faites que poser des questions.

Aëlwen ponctue ses mots d'un balancement de la tête, de l'air de dire « Trop facile… ».

— À chacun son rôle. Et votre père pense sûrement tenir le sien en vous répondant cela.

— Oui… Ça m'a surprise, quand même. Mon père est plutôt pudique.

— Vous lui avez dit que cela vous étonnait ?

— Oui. Il m'a répondu que maintenant que maman n'était plus là, il fallait qu'il réagisse pour deux. En fait, depuis qu'elle est morte, je le découvre autrement. Elle parlait tout le temps et lui nous écoutait généralement sans dire grand-chose. Juste en souriant. En partant, c'est comme si elle lui avait laissé prendre toute sa place.

— C'est souvent ce qui se passe quand il y a un départ dans une famille. Ça bouge. Ça se recompose.

— Vous aussi, vous avez connu cela ?

Silence.

Je comprends qu'elle a entendu le ton de ma voix changer. Effectivement, en évoquant les mouvements qui s'opèrent au sein d'un foyer quand l'un ou l'autre s'en va, mon esprit a été traversé par le souvenir du départ d'Antoine, puis de celui de Patrick, définitif. Les repères disparaissent, se modifient. Certains manquent cruellement. Comme un paysage à qui on enlèverait le clocher du village.

Pas très pro, la psy qui se laisse distraire par des pensées nostalgiques.

Je me reprends.

— On peut dire que je vis seule, oui.

— Ça veut dire quoi, « on peut dire » ?

J'esquisse un sourire devant sa malice.

— Vous feriez une bonne psy, Aëlwen. Mais revenons à vous.

— Je crois que mon père fait ce qu'il peut. Et ma grand-mère m'a aussi laissé un message pour savoir où j'en étais. Mon amie Sophie également. Dans le fond personne, et moi la première, ne comprend bien mon hésitation, même si tout le monde la respecte. Je perçois que c'est plus compliqué que cela. La vie… Donner la vie… Ou pas… Chez les peuples que j'ai étudiés, comme chez ceux que j'ai rencontrés, la fécondité est célébrée, la vie est protégée. En réalité il n'y a qu'en Occident que l'avortement est quelque chose d'aussi accessible. En fait, c'est pas si simple.

J'écoute son silence.

— Mais je ne regrette pas que cela ne soit pas si simple. Quoi qu'il arrive… Et puis il y a eu ce rêve… J'ai toujours été attentive à mes rêves, mais depuis que je suis enceinte ils me bousculent.

— L'interprétation des rêves est l'un des chemins ouverts par la psychanalyse. Un rêve, donc ?

— Oui. Une statuette en bois. Une statuette africaine, un peu primitive. Une statuette éclairée par la lune. La lune, c'est le féminin.

— Effectivement, dans certaines approches symboliques.

— Et le soleil, le masculin. On rapproche aussi la lune du féminin car le cycle de la femme et celui de la lune sont souvent en écho. Vous connaissez l'alchimie ?

— Pas particulièrement.

— Pour faire court, c'est un système de pensée médiéval plein de symboles très éclairants pour la compréhension de l'être humain et du monde qui nous entoure. En alchimie, la Table d'émeraude d'Hermès Trismégiste dit que « le soleil en est le père, la lune est sa mère, le vent l'a porté dans son ventre, la terre est sa nourrice ».

— Je ne connais pas cet auteur.

Aëlwen sourit.

— C'est un personnage mythique de l'Antiquité gréco-égyptienne à qui est attribué ce texte qui est l'une des références majeures dans le monde de l'alchimie et de l'ésotérisme. Certains le considèrent comme le premier texte philosophique. Sa version d'origine date du IXe siècle. Mais déjà au IIe siècle avant notre ère les Grecs prêtaient à Hermès Trismégiste la paternité d'un ensemble de textes mystico-philosophiques. L'hermétisme vient de son nom.

— Vous semblez aimer ces textes… C'est effectivement un peu hermétique.

— Passionnant aussi ! C'est une cosmogonie, un récit de création du monde auquel se réfèrent des courants ésotériques. C'est le principe même du mystère. De l'insondable. « Ce qui est en bas est comme tout ce qui est en haut, et ce qui est en haut est comme ce qui est en bas. » Ça ne vous dit rien ?

— Si. J'ai déjà entendu cette phrase.

— C'est la formule allégorique la plus célèbre de la Table d'émeraude.

— Elle vous inspire ?

— Oui. Mais n'est-ce pas cela, l'équilibre ? Tout est relié. Tout est dans tout.

— Vous me parliez d'une statue…

— Oui. La statuette de mon rêve. Une statuette en bois. Très élancée. Impossible de savoir en regardant son visage s'il s'agit d'un homme ou d'une femme. Mais quand on descend on trouve deux seins, attributs de la femme. Puis à la hauteur du ventre, deux toutes petites portes que l'on peut ouvrir. L'une vers la droite, l'autre vers la gauche. Enfin, plus bas, une protubérance, sans conteste un sexe d'homme.

À ce moment, Aëlwen se tourne vers moi, comme si elle avait perçu ma réaction alors que, telles que nous sommes positionnées, elle ne peut distinguer les expressions de mon visage.

— Excusez-moi quelques minutes, je reviens.

Je me lève, laissant la jeune femme dans mon cabinet, pour monter dans ma chambre et en revenir en lui tendant un objet.

— C'est elle…

Mon propos n'est pas formulé comme une question.

— Oui… C'est elle, enfin, c'est lui aussi…

Je marque une pause, étonnée par l'attitude d'Aëlwen, que cette intervention ne semble pas tellement troubler.

— Cette statuette représente la divinité de la fécondité chez les Dogons. Ni dieu ni déesse. Une symbolique androgyne.

— Tout est dans tout… Le haut dans le bas, l'homme dans la femme et la femme dans l'homme.

Je suis très troublée par cette apparition dans son rêve. Cet objet m'a été offert par Patrick de retour d'un voyage au Mali. Quelques jours après, j'étais enceinte, après plusieurs mois de tentatives infructueuses.

Je tente de reprendre le fil de notre séance.

— Et alors… Que représente cette statuette pour vous ?

Aëlwen réfléchit puis répond :

— L'unité… Oui, je crois que c'est ça. L'unité.

— Et vous faites un lien avec votre grossesse ?

Après un nouveau silence :

— Y a-t-il plus uni qu'un enfant dans le ventre de sa mère ? C'est fusionnel, non ?

— Symboliquement, oui, mais biologiquement, pas totalement. L'embryon est déjà un. Unique. Même s'il est profondément habitant d'un corps dont il dépend. Mais dès que l'on peut percevoir les battements de son cœur, on constate que ce ne sont pas ceux de sa mère.

— Je vous propose qu'on en reste là pour aujourd'hui.

— D'accord. Merci, Claire.

Nous sortons dans le jardin. Le ciel se dégage par l'ouest, annonçant une belle tempête de bleu, comme aurait dit Patrick.

— Je peux vous poser une question, Claire ?

— Oui, on peut toujours poser une question… je lui réponds en souriant.

— C'est contre-nature, une femme qui refuse d'avoir un enfant ?

— Vaste question. Il faudrait commencer par définir ce que l'on nomme la « nature ». Mais ce qui est vrai, c'est que certaines composantes de notre cerveau sont identiques à celles de nos ancêtres : depuis toujours, on cherche à se nourrir mais aussi à procréer.

— Vous voulez dire que le désir d'enfant vient de là ? Que je suis juste une femme préhistorique ?

— Justement non. Je dis que même si vous êtes mue par une pulsion archaïque, le désir est un autre mouvement. Et ce qui est questionné aujourd'hui chez vous, c'est bien votre désir, votre souhait d'enfant. Qu'est-ce qui ferait que vous passeriez de l'état d'être enceinte à celui d'attendre un enfant, de l'espérer ? De vous projeter et ainsi de projeter l'éventuel être à venir dans la vie ?

— Car sinon je ne l'aimerai pas…

— Je n'ai pas dit cela.

En raccompagnant Aëlwen au portillon du jardin, je lui demande :

— Cela n'a pas l'air de vous troubler que cette statue dont vous avez rêvé se trouve chez moi.

— Non ; pas vraiment. Mais je vous l'ai dit dès notre première rencontre, je savais que c'était vous. Ça ne pouvait être que vous. Ça n'a rien de rationnel mais, pour moi, quelque part, c'était écrit.

Après son départ, je rejoins mon cabinet et observe ma divinité malienne en terre armoricaine. Ses yeux sont fermés. Mais ne faut-il pas fermer les yeux pour regarder au-dedans ?

« L'unité », m'a proposé Aëlwen.

Alors que je repense à notre séance me reviennent les mots de Schopenhauer : « Le fait de vouloir est toujours engendré par le manque, celui-ci étant identifié à la souffrance. » Selon lui, la plénitude n'est jamais atteinte. Et c'est une bonne chose, car si elle l'était, le désir cesserait et, dans son sillage, le ressort de vivre. L'unité serait-elle comme la plénitude, une quête sans fin, étayant la conviction freudienne que l'humain est un être éternellement insatisfait ? Est-il un moment plus incontestable d'unité entre deux êtres que celui que vit une mère avec son enfant durant neuf mois ? Je me souviens de cette patiente qui espérait tomber enceinte pour revivre ce sentiment, et qui se plaignait ensuite de la perte de ce ressenti quand l'enfant gagnait en autonomie.

Je crois que l'unité est telle une poupée russe qu'il faut appréhender du plus petit au plus grand. Trouver l'unité en soi est préalable à la recherche d'une unité avec celui ou celle que nous aimons ; qui plus est, avec ceux qui forment nos sociétés humaines.

Je repense aux mots de Patrick : « Tu es toi et je suis moi. Mais on peut tenter de bâtir un “nous” unique et qui n'est complet que lorsque nous sommes l'un et l'autre reliés, réunis. »

Mère et enfant, homme et femme, toi et moi… Peu à peu, le mouvement de complétude se dessine en tout, dans mon esprit et sous mes yeux. Les nuages sont si bas aujourd'hui que le ciel se noie dans la mer. Horizon confondu. Le bas dans le haut, le haut dans le bas. Journée androgyne. Impression d'unité…

AON

Par cœur

Les gens des îles ne sont pas comme les autres. J'ai mis du temps à comprendre comment ça tenait debout, une société insulaire.

Je l'ai bien vu, en arrivant, rien qu'avec mes petits pains ronds de khorasan ou d'épeautre qui remplaçaient les baguettes de farine blanche qu'ils avaient l'habitude de manger : c'était comme si j'avais déplacé le phare du Paon du nord au sud de l'île. Yann m'avait dit en riant que c'est toujours avec le pain que commencent les révolutions. « Que rien ne change ! » semble être ici le mot d'ordre.

Puis j'ai compris qu'une île est un lieu paradoxal. À la fois protecteur – on pense y être à l'abri du reste du monde – et vulnérable – l'île paraît être à la dérive, détachée de la terre, elle affronte les tempêtes avant les autres. S'il est un lieu qui doit être emporté, ce sera celui-ci en premier.

Celui qui s'y rend n'arrive pas par hasard ; il a décidé de traverser la mer. S'il est là, ce n'est pas parce qu'il s'est trompé de chemin. Alors s'il s'installe, quelle est donc sa raison ? Raison avouable ou cachée… C'est presque louche, de venir vivre sur une île.

Chacun sait quand un nouveau arrive. Il est regardé par tous, commenté par tous. C'est pas tous les jours, l'apparition d'un étranger.

J'ai été ainsi l'étrangère pour beaucoup, et je crois que je le resterai encore longtemps pour certains.

— Elle est bizarre, ai-je même entendu un jour lors d'une conversation entre deux femmes.

Mais je crois que j'aime être bizarre. Et puis, il y en a tant qui apprécient mes bizarreries ! Ma mère m'a un peu montré le chemin. N'a-t-elle pas vécu la même situation que moi en traversant la Méditerranée ? Elle aussi a dû être regardée, épiée, accueillie par certains, définitivement étrangère pour d'autres.

Les livres aussi, je crois, m'ont encouragée à être un peu bizarre. Ce sont les récits des gens les plus originaux qui m'enthousiasment le plus. Fictions ou réalités, j'aime quand ça danse au milieu du chaos, j'aime les grandes aventures qui semblent impossibles, les épopées où l'homme dépasse ses limites mais aussi relève les défis parfois très intimes que la vie nous adresse, par surprise, par accident, au moment où nous ne nous y attendons pas.

J'aime les mains gauches. Elles ont tant à dire, ces mains délaissées au profit de la droite. Avec sa *Lettre ouverte à ma main gauche*, Catherine David, écrivain pianiste, avait raconté le dessein de ces abandonnées, réduites à admirer la virtuosité de la droite. C'est ainsi que certains jours, par jeu, je

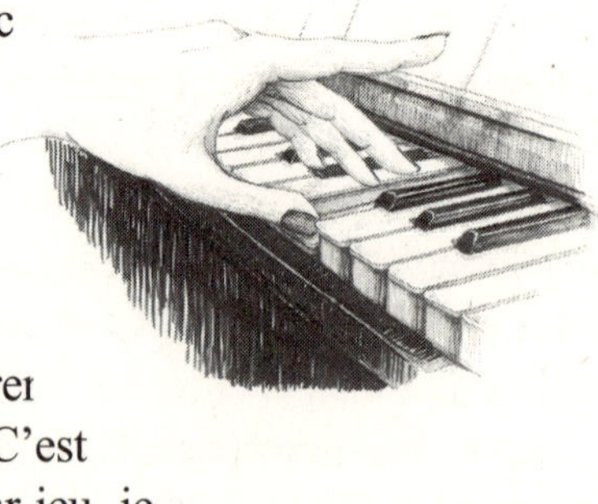

crée un pain de cette main, hommage à son talent qui dispose d'autant de doigts, de muscles et de petits os que la droite. Je peux alors veiller à ce que, dans mon dos, l'une et l'autre ne se chamaillent pas par jalousie.

Mon ultime bizarrerie est la fameuse soirée que j'ai instaurée le dernier mardi de chaque mois : « Par cœur ». J'offre une part de pizza chèvre-miel et un verre de cidre à tous ceux qui viennent à la librangerie en ayant choisi un texte qu'ils vont réciter.

Papa connaît de multiples poésies, des sourates, des versets. Il disait qu'apprendre par cœur, ce n'est pas seulement savoir répéter sans lire mais prononcer des mots qui viennent du fond du cœur, où ils habiteront pour toujours.

Déjà trois soirées ont regroupé chaque fois plus de monde.

Clara a joué le jeu et choisi de chanter plutôt que de réciter. Elle a fait pleurer toute l'assistance avec la chanson d'Anne Sylvestre « Une sorcière comme les autres ». Béa, de la Potinière, a un grand talent et elle incarnait ses mots comme une comédienne de théâtre. Jeanne, pourtant si discrète, femme d'un marin depuis longtemps disparu, est venue à chaque fois, nous récitant des poèmes de Rimbaud, de Verlaine ou d'Éluard avec une voix douce et fragile comme si elle allait se rompre à chaque vers. L'autre soir elle nous a récité « Le mot » de Victor Hugo. Je n'avais jamais entendu ce si beau texte contre la médisance. Il m'a fait penser aux fameux « accords toltèques » que maman connaît par cœur. L'un d'eux dit « Que ta parole soit impeccable ». Pas si simple !

Yann, lui, a commencé par me dire qu'il n'avait jamais été capable d'apprendre une récitation ou un théorème et qu'il ne fallait pas compter sur lui. Puis, piqué au vif par sa propre limite, il a relevé le défi et nous a offert un sublime texte sur la mort écrit par Rilke et qui m'a bouleversée.

Chacun a fait un exercice généreux et profond. Choisir des mots à offrir aux autres, à dire par cœur, avec le cœur…

9.

L'espérance

J'ai ancré l'espérance
Aux racines de la vie

Face aux ténèbres
J'ai dressé des clartés
Planté des flambeaux
À la lisière des nuits

Des clartés qui persistent
Des flambeaux qui se glissent
Entre ombres et barbaries

Des clartés qui renaissent
Des flambeaux qui se dressent
Sans jamais dépérir

J'enracine l'espérance
Dans le terreau du cœur
J'adopte toute l'espérance
Et son esprit frondeur

Je me suis réveillée avec ce poème d'Andrée Chedid. Est-il né de ma nuit ou du brin de clarté du nouveau jour derrière les persiennes qui l'a fait surgir à mon esprit ?

Poème passerelle. La nuit est une page blanche…

Telle l'aiguille d'une boussole obstinément tournée vers le nord, l'espérance ne me quitte jamais. Si cela arrivait, je serais perdue.

Ce texte a accompagné ma propre psychanalyse. À l'ouverture de mon premier cabinet, il était encadré dans la salle d'attente.

Je n'ai fait ce métier que parce que j'ai toujours cru à la persistance d'une flamme même dans la caverne de la plus sombre existence. Je voulais combattre la fatalité des destins, les histoires écrites par avance, et chercher le creuset de la lumière, là où elle naît. Même les yeux noirs brillent !

Il n'est de vie possible sans espérance. Chaque matin n'a pour autre raison que d'offrir à nos existences la possibilité d'un pas de plus. Un pas de plus vers où ? s'interroge le désespéré. Un pas de plus vers l'autre est ma seule réponse. Et souvent l'autre est d'abord en soi, notre inconnu intime, parfois caché derrière des murailles, d'autres fois derrière un simple voile. Désemmurer, dévoiler… J'accompagne ce mouvement chez celles que je reçois.

Dans l'arbre, seules les racines ne font pas d'ombre. Invisibles, elles sont pourtant indispensables au visible. Le psychanalyste ne s'intéresse pas au feuillage. Son travail est radical, au sens étymologique : il remonte aux racines.

Suivre les traces, d'abord les révéler, est indispensable pour dégager le chemin vers l'hier qui peut empêcher de vivre l'aujourd'hui.

Par la porte ouverte de la boulangerie, je vois Sidonie assise à la grande table, le regard penché sur un livre.

Je suis à peine entrée qu'elle lève les yeux et me regarde, en souriant…

— « Ahava »… Je vais créer pour Pâques un pain qui portera ce nom.

— Tu l'as trouvé dans ton livre ?

— Oui, me dit-elle en me montrant la couverture représentant un simple épi de blé sur un fond sombre.

Azyme, Jean-Philippe de Tonnac.

— C'est ton dernier arrivage ?

— Figure-toi que c'est ton fils qui me l'a offert. Une grande première !

— Antoine ? Incroyable, il ne m'en a pas parlé.

— Il a le droit… répond-elle malicieusement.

— Et que raconte ce livre ?

— C'est un roman très documenté qui part d'une question qui a engagé l'auteur dans son écriture : « Quel peut donc être le pain qu'a partagé Jésus avec ses apôtres lors de son dernier repas ? »

— Comment Antoine a-t-il pu tomber sur ce livre ?

— Je ne sais pas. Mais j'aime cette histoire. « Ahava » est le prénom donné par l'auteur à celle qu'il imagine avoir pétri la pâte à l'origine de la première communion des chrétiens. C'est beau, non ?

— Oui… Les mains d'une femme sur ce qui deviendra symboliquement le « corps du Christ ».

— Exactement. Tu sais que je ne suis pas catho, mais l'idée de communion, je l'aime bien. On en manque, de vraies communions. On est plutôt des spécialistes des séparations que des réconciliations. Alors je vais réfléchir à un pain qui fête l'union.

— Merveilleuse idée !

— Mais toi, tu voulais quelque chose ?

— Juste un thé… Dehors ; il fait si beau aujourd'hui.

Attablée devant la boulangerie, je repense à Aëlwen, à cette dernière séance lors de laquelle le récit de son rêve m'a tant déconcertée.

J'ai emporté avec moi son petit cahier vert.

— Voici ! Un thé « Il fait si beau aujourd'hui », sourit Sidonie en me tendant la tasse. Un thé breton, finistérien !

— Je croyais que tous les thés venaient d'Asie.

— Moi aussi… jusqu'à celui d'Émile Auté. Un Français passionné au point de vouloir le cultiver chez nous. Il a installé ses jardins de thé dans des vallons finistériens où l'on retrouve les mêmes caractéristiques climatiques qu'en Asie, avec une humidité matinale qui souvent laisse place à une chaleur moite sous le soleil qui accompagne les changements de marée.

— Surprenant !

— Tu verras, c'est un thé blanc, subtil et vif. Comme cette belle journée.

Et elle repart en me laissant avec mes pensées.

MYSTÈRE. Je souligne le mot de trois traits verts. L'hermétisme et le mystère vont-ils vraiment ensemble ?

J'aime l'idée de mystère davantage que celle d'hermétisme.

Il y a des mystères que l'on découvre, qui peuvent même être apprivoisés comme tels, compagnons de nos vies où tout ne s'explique pas.

Ce qui est hermétique me gêne davantage, comme s'il y avait là un acte volontaire d'inaccessibilité, cadenas verrouillé à double tour dont on aurait jeté les clés.

— Tu écris tes Mémoires ?

— Non… C'est un cahier de suivi…

— De suivi de quoi ?

— De ma patiente.

— La nouvelle ?

— Oui.

— C'est la première fois que tu viens ici avec le cahier d'une patiente. Je peux lire ?

— Certainement pas ! dis-je en fronçant des sourcils.

— Je rigole, Clara… Mais tu sembles vraiment troublée.

— Tu vois, Sido, les psychanalystes ne deviennent pas de marbre à l'issue de leur propre analyse. Ils ont simplement appris à entendre, à renvoyer toutes les balles du fond du court, en tentant de faire monter au filet le patient qui a parfois envie de rester lui-même en fond de court. Inlassablement les psychanalystes renvoient.

— Et ta petite nana te fait monter au filet à contretemps.

— Un peu, oui. Je ne m'attendais pas à cela.

— Tu sais pourquoi on a créé le pain azyme ?

— Pas du tout…

— Parce que le jour où les juifs se sont mis en route pour quitter l'Égypte et traverser le désert, ils ont été obligés d'emporter un pain qui résiste à la chaleur, une galette. Donc un pain sans levain. L'inattendu est créateur… Tous les jours je garde une place pour l'inattendu. Par exemple, ce soir, nous changeons de lune. Une part du pain que je ferai cette nuit m'échappe et n'appartient qu'à elle – la part des anges de notre pain quotidien.

De retour chez moi, à ma façon, je célèbre la nouvelle lune. Enveloppée dans un large poncho ramené de Bolivie par Antoine, je rejoins ma table, seule, là où, quelques heures plus tôt, Aëlwen regardait l'océan.

La statuette dogón n'est pas remontée dans ma chambre et m'observe, les yeux clos. Mon humeur est teintée de la douce mélancolie de la *Troisième gymnopédie* d'Erik Satie. Je saisis le petit cahier et, l'ouvrant par la fin, j'écris à Aëlwen une lettre que je n'enverrai jamais :

À toi Aëlwen,

À celles qui t'ont précédée sur ce divan,

À chaque cycle, accompagnées par l'astre nocturne, les femmes sont interpellées, rappelées à leur mission originelle, depuis la nuit des temps. Mettre au monde, donner naissance, poursuivre le tissage de l'étoffe de l'humanité.

C'est archétypal. Un inconscient collectif qui prend chair en chaque femme, qui les rappelle à l'ordre par là même où elles recevront la vie.

Malgré les époques qui succèdent aux époques, malgré tout ce qui, lentement, libère les femmes, le sang coule toujours et, chaque mois, chaque lune, les femmes d'aujourd'hui comme d'hier sont réveillées au plus profond : « Ta mission de vie est de la donner. Sans toi, tout s'arrête. »

Et chaque rendez-vous « manqué » porte la marque d'une culpabilité inconsciente. Chaque sang qui coule est le signe extérieur d'une mission qui a échoué.

S'affranchir de ce rappel est un défi et implique un véritable travail de conscience. N'est-ce pas ce travail qui transforme la femelle en femme ? Dans certaines civilisations, le moment où elle n'est plus féconde est également célébré pour tout ce qu'elle a engendré du monde à venir.

Le fardeau de celle qui n'a pas enfanté peut être aussi lourd à porter que celui de celle qui a donné naissance, car elle est alors jugée comme défaillante. Ce regard, même inconscient, de la société ne sera pas balayé par la modernité si cette société ne se donne pas le temps d'écrire un autre récit de ce pour quoi l'humanité est sur terre. Prendre soin du vivant n'est pas seulement soigner ceux à qui les ventres des femmes donnent naissance, mais également soigner le vivant non humain dans ce jardin qu'on appelle la Terre.

C'est tout l'enjeu des temps que nous vivons.

Faire de nous des jardiniers plus que des colonisateurs de terres inoccupées. Quand, dans bien longtemps, on jugera l'humanité, on évaluera la réussite de sa mission à sa capacité à avoir transformé un mouvement primitif de domination en avènement de générations de jardiniers préoccupés par le soin d'autres qu'eux-mêmes.

Je pense à Sidonie qui doit nourrir de bois l'âtre du fournil à l'heure où j'écris mes derniers mots. Et à Aëlwen…

Est-ce l'effet de la fatigue ? Un court instant il me semble que l'homme-femme, statuette venue du berceau africain de l'humanité, a ouvert les yeux.

10.

Le rivage de l'ours

Ce matin, c'est le vent qui a ouvert mes volets, les plaquant l'un et l'autre de chaque côté de la fenêtre. C'était la tempête. Au large, un grain formait un magnifique drapé anthracite qui se déplaçait en relief devant un horizon gris souris. Les grands pins profitaient des bourrasques pour se débarrasser de leurs épines mortes qui composaient au sol un tapis roux. Les agapanthes faisaient les folles, se balançant de tous côtés, joyeuses comme des enfants à qui l'on ouvre la porte de la récréation. Le monde végétal est l'interprète du vent. Sans les arbres et les herbes, comment pourrions-nous apprécier sa beauté ?

Cela fait cinq semaines qu'Aëlwen a poussé la porte de ce jardin. Je l'attends cet après-midi pour une nouvelle séance, la quatrième.

J'ai constaté, au fil du temps, que les jours de tempête sont toujours des grands jours dans le parcours d'une psychanalyse. Ça décoiffe, dehors comme dedans.

Lors d'une nouvelle séance il y a quelques jours, elle m'a longuement raconté qui étaient ses parents et sa grand-mère, sans être en mesure de remonter beaucoup plus loin son arbre généalogique.

Antoine s'est aussi annoncé pour ce jour-là. Il devrait prendre le bac en fin de matinée.

Je me couvre pour sortir à la rencontre matinale du jardin, mais au moment où j'ouvre la porte, mon téléphone sonne.

— Maman ?

— Oui. Tu es où ?

— À l'Arcouest. Mais, avec la tempête, les bacs sont interrompus. Ils reprendront dès que possible. Je reste au café de la Cale en attendant.

Je n'ai pas le temps de lui répondre, la conversation est coupée.

Je vois le ciel s'assombrir à tel point que je dois allumer la lampe posée sur mon bureau. Le vent frappe à la vitre, accompagné de trombes d'eau, comme si le ciel vidait ses seaux.

Patrick adorait ces atmosphères. Il restait l'œil rivé à la fenêtre, fasciné par la violence des éléments. C'est le seul moment où je l'entendais croire en un ciel habité : « Les dieux s'engueulent. Ils ne sont pas d'accord entre eux sur ce qu'il faut faire de l'humanité. »

Je raccroche mon ciré au portemanteau et m'assois à la table où le petit cahier vert est posé, attendant la venue d'Aëlwen pour recueillir un nouveau sillon de mots à l'encre mauve. C'est seulement à ce moment que je prends conscience qu'il lui sera impossible, à elle aussi, de traverser le bras de mer qui nous sépare du continent. Je saisis mon téléphone pour l'appeler, mais la tempête a eu raison des relais téléphoniques et il ne demeure sur mon écran qu'un petit point noir en guise de signal.

Je tente un texto, en espérant qu'il partira : « Bonjour, Aëlwen. Météo très mauvaise à Bréhat. Il y a un risque que vous ne puissiez prendre le bac. Fixons un autre rendez-vous rapidement. Bien à vous. Claire. »

Depuis que nous habitons ici, il n'est jamais arrivé que nous soyons coupés du continent pendant plus de quelques heures, le temps d'une marée, car l'archipel protège le passage vers la côte des vents violents qui proviennent de l'ouest. Il en allait autrement auparavant, car les moteurs des bateaux étaient moins puissants, et les plus anciens se souviennent des trois semaines de l'hiver 1954 où ils se sont retrouvés totalement isolés. Plus anciennement encore, au XVIIe siècle, pour demander aux chaloupes d'assurer un passage entre le continent et l'île, on allumait des grands feux d'ajoncs.

***

Souvent, à la bascule de marée, le temps change, ce qui donne la réputation à la Bretagne d'être un pays où il fait beau plusieurs fois par jour. Aujourd'hui, la marée basse ne s'est accompagnée que d'une légère accalmie des vents. Suffisante, cependant, pour que les passages reprennent.

« Suis à bord. Pas la peine de te tremper pour venir me chercher. À tout de suite. Antoine. » Toujours un petit point noir pour signifier la faiblesse du réseau téléphonique. Mais je suis rassurée : si j'ai reçu le message de mon fils, Aëlwen a dû recevoir le mien.

J'allume un feu dans la cheminée, pensant qu'il sera content de s'y réchauffer en arrivant. Dehors, il tombe des nuages entiers, je ne vois même plus la mer. À certains moments, la lumière vacille.

Je crois entendre frapper à la porte. Mais Antoine ne toque pas, il entre. Ce sont sans doute les rafales du vent.

Les coups redoublent.

J'ouvre la porte et me retrouve face à un ciré jaune ruisselant. Le visage recouvert par une capuche qui descend jusqu'à son nez, Aëlwen me regarde avec un air de jeune chat qui vit sa première pluie.

— Je peux entrer ? demande-t-elle timidement.

— Bien sûr… Pardon… Mais vous n'avez pas eu mon texto ?

— Si, mais je l'ai reçu quand je conduisais et ne l'ai lu qu'une fois arrivée à Paimpol. Comme le bateau allait partir, je suis montée dedans. Mais si vous voulez, je repars… Vous avez peut-être prévu autre chose ?

Je retrouve mon sourire.

— Oui, j'avais prévu d'aller me promener pour ramasser des coquillages.

Nous rions ensemble.

— Venez, enlevez donc vos chaussures, je vais vous chercher des chaussons. Vous voulez des vêtements de rechange ?

— Non… Merci Guy Cotten ! dit-elle en désignant son solide ciré à capuche, uniforme des pêcheurs.

Aëlwen dépose ses chaussures et ses chaussettes devant la cheminée et je lui ramène mes chaussons norvégiens.

— Vous n'avez pas vu mon fils, sur le bateau ?

— Qui ?

— Mon fils, Antoine, vous l'avez croisé l'autre jour…

— Non. Le bac était bien plein car certains attendaient depuis le matin.

— Et la traversée, ça allait ?

— Très franchement, pas trop. Ça tabassait de tous les côtés. Il y avait des creux impressionnants et nous avons bien cogné le quai en arrivant.

— Dans ce cas… On va peut-être attendre un peu que vous repreniez vos esprits. Vous voulez une tisane, un thé… un whisky ?

Aëlwen rit de bon cœur.

— Une tisane, volontiers.

— Alors ce sera une verveine du jardin.

Pendant que l'eau chauffe, je me remets aussi les idées en place.

Aëlwen avait rendez-vous et elle est là. C'est assez normal.

Ce qui l'est moins, c'est qu'Antoine ne soit pas arrivé. Mais j'ai depuis longtemps abandonné toute inquiétude à son égard, sinon je n'aurais plus un poil de sec.

Après avoir partagé une tisane et quelques considérations météorologiques devant la cheminée, nous rejoignons mon bureau, où Aëlwen s'installe dans la méridienne, retirant mes chaussons et me laissant découvrir ses pieds nus. Des pieds auxquels il manque deux orteils.

— Ils ont gelé.

Aëlwen n'a pas attendu ma question, elle a juste deviné l'étonnement dans mon regard.

— En Norvège, chez les Samis, au-delà du cercle arctique. Une erreur de jeunesse. J'avais vingt-quatre ans. Un affût, pour voir des ours blancs. C'était magnifique, toute une famille sur la banquise. Mes pieds ont gelé sans que je m'en rende compte. Je ne regrette pas. J'ai vu l'ours…

Elle me dit tout ça en accompagnant son hochement de tête d'un sourire.

— C'est important, les orteils, pour l'équilibre.

— Oui… Mais ça va. L'ours aussi, c'est important pour l'équilibre.

Je souris à mon tour à la femme qui a vu l'ours.

— On y va ?

— Oui.

Mai 2022 – 16 heures. Tempête, vent forcissant 7 à 9, visibilité nulle.

— Mon grand-père… maternel…

— Oui ?

— Je vous ai dit qu'ils s'étaient séparés avec ma grand-mère.

— Oui.

— Et que ma mère n'avait pas été désirée mais bienvenue.

— Oui.

— Pas par lui… Il n'a jamais voulu voir sa fille. Et il ne l'a jamais vue.

Elle marque un temps.

— C'est dur, quand même, non ?

— Certainement. C'est ce qu'en disait votre mère ?

— Non… C'est ce qu'en dit ma grand-mère. Ma mère ne l'a pas connu. Elle a fait avec. Enfin, en tout cas, sans…

— Ce n'est pas pareil, de faire avec et de faire sans…

— Oui. Je veux dire qu'elle ne m'en a jamais parlé. Comme s'il n'existait pas. Et du coup, pour moi, c'est comme un blanc, un trou…

— Et donc c'est dur pour qui ?

— Pour ma grand-mère. Elle a dû compenser l'absence. Plus que l'absence, l'abandon… Car en fait c'est un abandon. « J'ai donné pour deux », m'a-t-elle dit. Elle n'a jamais avoué à ma mère qu'il ne voulait pas la voir. Elle lui a toujours dit qu'il était mort peu après leur séparation, à sa naissance. C'est l'autre jour qu'elle m'a raconté tout cela. Elle en pleure encore. Elle m'a montré deux photos de lui qu'elle a cherchées au fond d'un tiroir. Il était plutôt beau. Mais sur les deux images il a les poings serrés. Même sur celle où il sourit. Sur le moment je ne m'en suis pas rendu compte, c'est de retour chez moi que ce détail m'est revenu. Il y a un mystère dans ces poings serrés.

— Et vous ?

— Quoi, moi ?

— Ça vous fait quoi, tout ça ?

— Je ne sais pas…

— Depuis que vous avez dit « Mon grand-père », vous avez les poings serrés…

— Zut alors… C'est vrai !

Elle a dit cela en ouvrant les mains, paumes orientées vers le ciel.

— C'est incroyable !

— Peut-être pas…

— Vous pensez que je lui en veux, pour ma grand-mère ?

— C'est vous qui le dites…

— Trop forte, la psy…

Elle dit cela avec un léger sourire en coin.

— Mais encore…

— J'ai surtout pensé à Nico. Nicolas… Si je garde ce bébé, ou ce projet de bébé, ce fœtus en fait, puisque nous en sommes là, je ne veux pas qu'il soit abandonné par son père.

Silence.

— Et donc je dois lui en parler. Quoi qu'il advienne, je dois lui en parler. C'est mon corps mais c'est notre embryon, notre fœtus, potentiellement notre bébé…

Plusieurs minutes passent en silence. Un faux silence. Un silence de la pluie qui joue du tambour sur la baie vitrée, des pins qui dansent un tango endiablé avec le vent, du craquement des poutres à l'étage où j'entends également des pas sur le plancher – Antoine est arrivé ; il doit être dans sa chambre.

Aëlwen tourne parfois sa tête pour me regarder avec un sourire timide.

Je le lui rends. Elle a droit à ce silence, comme à mon sourire.

— Je ne veux pas réparer l'histoire. Je ne suis pas la garagiste du passé. Vous comprenez ?

— Très bien. Et cette histoire, alors, vous la considérez comment ?

— C'est pas la mienne.

— Alors pourquoi vous en parlez ?

— Parce que c'est ma grand-mère. Que je l'aime. Et ma mère. Ça me touche, quand même.

Les larmes se mettent à couler sur ses joues. Douces larmes qu'elle recueille de sa langue, à l'encoignure de ses lèvres. Je laisse le temps aux pleurs dans un nouveau silence.

— C'est salé, les larmes…

— Oui. Vous ne le découvrez pas ?

— Un peu… Je ne me souviens pas de la dernière fois que j'ai pleuré.

— Peut-être quand vous avez perdu vos orteils ?

— Même pas. J'avais gagné un lien, avec l'ours.

— Que voulez-vous dire ?

— C'est chamanique. Depuis ce jour, je perçois ce lien.

— Intéressant…

— Oui. L'ours est plus qu'un ours, il porte en lui l'esprit des fleuves et des forêts, des neiges éternelles et des glaciers. Il est celui par lequel j'entre en lien avec ce monde. On n'imagine pas combien les sens des animaux sont différents des nôtres. Habiter l'existence en chauve-souris, en libellule, en ours… Nous ne percevons qu'un tout petit monde, or il est immense. Immense de toutes ces façons différentes de l'habiter par tous ceux qui vivent.

La voix d'Aëlwen est plus claire que jamais. Elle me parle d'ailleurs. D'un ailleurs que je reçois dans ces lieux. Il y a désormais une jeune femme et un ours, sur cette méridienne. Un ours et sa forêt, ses rivières, son glacier.

Ma méridienne est bien trop petite pour tout cela.

À nouveau, je vois ses poings se serrer, puis se rouvrir, les paumes tournées vers le ciel.

Si je pleure, c'est qu'en réalité, l'histoire de ma mère, c'est un peu mon histoire, tout comme celle de ma grand-mère et mon grand-père. Une histoire passée en tout cas… qui me fait pleurer aujourd'hui. Peut-être ce sont les larmes que n'a pas versées ma mère. Il fallait qu'elles coulent, au nom du passé. Comme cette pluie qui tombe et nettoie le ciel. Il fera beau demain…

D'un coup, Aëlwen chemine à grand pas. À pas d'ours.

11.
L'écho du tambour

La séance s'achève et nous retrouvons Antoine devant l'âtre qu'il a rechargé en bois.

Ils se saluent et je les présente l'un à l'autre.

Les flammes donnent au salon des lueurs de soleil couchant et l'on entend le vent qui attise le feu par le conduit de la cheminée.

J'embrasse mon fils.

— Tu vas bien ? Il paraît que ça secouait, sur le bac. Je crois que vous étiez sur le même bateau.

— Oui, je n'ai jamais vu ça. Il n'y a eu qu'une traversée, il y a un trop grand risque de casse si la vedette est projetée sur la cale. Ils reprendront quand ça se sera calmé. Vous n'allez pas pouvoir retourner sur le continent aujourd'hui, dit-il en se tournant vers Aëlwen.

Celle-ci me regarde et je regarde Antoine, embarrassée. C'est bien la première fois que je me trouve dans une telle situation.

— Pas le choix, maman. Je vais faire le lit dans la chambre bleue.

— Vous voulez dire que…

— Que vous pouvez aller dormir au camping si vous préférez, mais je crois qu'il n'ouvre pas avant l'été, rit-il. Ici c'est plus cool, à mon avis.

Je suis prise au dépourvu mais je ne vois pas d'autre option. Cela ne me convient pas vraiment. Il y a déjà bien trop d'éléments qui interagissent étrangement entre la thérapie de cette jeune femme et mon intimité, je donnerais tout pour que d'un seul coup la tempête cesse et que les navettes reprennent.

La moue d'Aëlwen à mon intention signifie qu'elle comprend bien l'aspect délicat de la situation.

— Je me ferai toute petite…

— Ne vous inquiétez pas. L'humain ne maîtrise pas encore les éléments et c'est heureux ainsi. Vous êtes la bienvenue.

— Pas prévue mais bienvenue, ajoute-t-elle avec malice.

— Exactement !

Antoine nous voit nous sourire sans y comprendre grand-chose.

— Du coup je file acheter du poisson chez Tom. Je prends le ciré de papa et ses bottes. Vous voulez venir avec moi, Aëlwen ?

— Volontiers. Mais je n'ai pas de bottes.

— Maman ? Elle peut ?

— Euh… Oui. Bien sûr. Prenez les miennes.

— Ah, maman, j'oubliais. Je suis passé voir Sido en arrivant. J'avais un livre à lui rendre. Et je l'ai invitée à dîner. Ça te va ?

— J'ai le choix de quelque chose, aujourd'hui ? dis-je en ouvrant les bras. Tout me va ; surtout si tu cuisines !

Et je les regarde partir sous la pluie. Deux silhouettes jaune vif, courant dans les flaques, comme des enfants.

« Toute petite », me dis-je… Drôle de manière de se faire toute petite ; partant avec mon fils, mes bottes aux pieds ! Et Antoine qui offre des livres à Sido et en reçoit en retour…

Pourtant, je souris intérieurement. J'avais bien pressenti depuis le matin que ce ne serait pas une journée ordinaire. Et ce n'est pas fini.

Lâche prise, me dis-je. *Ce soir, lâche prise. De toute façon, depuis le début de cette histoire tu as pris un risque. Cette fille vient d'ailleurs, au-delà de ton connu, et de tous ces inconnus que pourtant tu as pris l'habitude de découvrir...*

À leur retour, je suis un peu moins chamboulée.

— Votre chambre est juste en haut de l'escalier. Vous avez une salle de bains attenante.

Tandis qu'Aëlwen s'éclipse, je rejoins Antoine dans la cuisine, il prépare les poissons au-dessus de l'évier. Une réconfortante odeur de légumes émane du four. J'enlace ses épaules, mon ventre contre son dos.

— Ça va, mon grand ?

— Super. Regarde comme elles sont belles, ces dorades.

— Magnifiques. Je suis contente que tu sois là.

— C'est chouette, ouais. J'ai bien vu que t'étais pas super jouasse que ta patiente reste ici pour la nuit, mais que veux-tu…

— Ce n'est pas dans les règles. Mais rien ne se passe vraiment comme prévu avec elle.

— Parce qu'habituellement ce qui se passe dans ton cabinet est prévu ?

— Non… Mais ça ne me bouscule pas. Ce sont les patientes qui font leur chemin. Là, il arrive des trucs bizarres. Et toi ? Des choses à me dire ?

— Non. Je passe ici et je rejoins Roscoff jeudi où je convoie un douze-mètres aux Baléares pour des Anglais qui le récupèrent là-bas. C'est top !

Au même moment, un éclair embrase le ciel, immédiatement suivi d'un coup de tonnerre accompagné par une coupure générale de l'électricité.

— Je vais voir au disjoncteur, me dit Antoine, éclairé par l'écran de son smartphone.

Il revient quelques minutes plus tard.

— On dînera aux chandelles ce soir. Ça doit être au village.

— Manquait plus que ça, je réponds en haussant les sourcils.

Je choisis des bougeoirs et allume des chandelles, avant d'en déposer dans la cuisine, puis sur la grande table du salon qui bénéficie de la lueur du feu de la cheminée, où j'ajoute deux bûches. Je m'apprête à apporter un bougeoir à Aëlwen qui doit être dans le noir, mais c'est le moment que choisit Sidonie pour ouvrir la porte.

— Coucou, Clara. C'est moi ! Toute l'île est dans le noir. Les maisons sont éclairées à la bougie, on se croirait au pays du père Noël !

Je lui fais une bise et prends sa parka pour l'accrocher au clou.

— Je t'ai apporté du pain de ce matin. Au khorasan. Un blé ancien qui était cultivé en Mésopotamie et dans l'Égypte antique. Un très faible indice glycémique. Parfait pour toi !

— Que veux-tu dire ? je lui réponds avec un air faussement sévère.

— Je rigole, Clara, me lance-t-elle avec un clin d'œil.

— *Hi*, le marin ! fait Sidonie en entrapercevant Antoine qui se faufile de la cave à la cuisine.

— *Hi*, la boulangère ! Tu n'as plus la gueule enfarinée ?

Je les laisse entre eux et monte trois marches quand la porte de la chambre du haut s'ouvre.

Aëlwen passe devant moi et va s'asseoir en tailleur sur le grand tapis rouge, les yeux rivés sur le feu.

Tandis que j'achève de mettre le couvert, Antoine enfourne les dorades sur le lit d'oignons et de carottes qu'il a fait rôtir.

Je me suis souvent sentie légèrement décalée par rapport à ceux qui s'animaient devant moi ; en retrait. C'est exactement l'impression que j'ai maintenant. Aëlwen face à son feu, Sido et Antoine se parlant en cuisine, et moi, derrière une vitre imaginaire, seule dans mes pensées. Qu'aurait dit Patrick de tout cela ? Lui qui savait si bien mettre les gens en lien, voyageur du monde, capable de s'adapter à n'importe quelle situation, aimant, recherchant l'inattendu. Antoine lui ressemble. Bréhat était l'ancrage de Patrick mais il refusait l'idée de « port d'attache ». D'attaches, il n'en avait qu'avec nous. Pour le reste, il aimait les rompre dès qu'il les sentait trop prégnantes. Son métier lui en offrait la possibilité, puisqu'il était hydrogéologue – pour le terme scientifique –, ou « chercheur d'eau », ainsi qu'il se définissait. Ceux qui avaient travaillé avec lui précisaient : « le meilleur ». Scientifique mais doublé d'une capacité à écouter la terre et à créer du lien avec les gens, ce qui le rendait crédible auprès des peuples autochtones chez qui naissaient les projets d'irrigation. Il travaillait de façon indépendante, au gré des chantiers des ONG dans le monde entier, souvent dans des déserts.

Qu'aurait-il fait à cet instant précis ?

Il aurait mis de la musique et débouché une bouteille de vin, me dis-je. Pour la musique, c'est raté, sans électricité, et pour le vin, n'en buvant pas, je suis la moins compétente. Alors je me mets au piano… Cela fait longtemps que je ne l'ai pas ouvert. Depuis son départ, en réalité.

Trance Frendz d'Ólafur Arnalds me revient au bout des doigts. J'improvise sur ce thème au gré de la lueur des flammes, puis finis par fermer les yeux, jouant pour Patrick.

Quand je les rouvre, Aëlwen me regarde, accoudée au piano.

— C'est beau ! C'est pour lui ? demande-t-elle en désignant un petit cadre posé sur le piano.

Sur la photo, Patrick et moi nous donnons la main sur le chemin qui mène au sud de l'île.

— Oui. Vous l'avez senti ?

— On le sent partout ici. Surtout dans la chambre où je dors.

— C'était son bureau.

Nous sommes interrompues par Antoine.

— À table ! Le poisson, ça n'attend pas.

Je présente Sidonie à Aëlwen.

— Mon amie, boulangère et libraire tout à la fois.

— Ah, et vous êtes donc…

— Aëlwen. Celle qui s'est un peu imposée, dit-elle en souriant.

— Vous avez bien fait, répond Sido. La preuve, on n'avait pas entendu du piano dans cette maison depuis bien longtemps. N'est-ce pas, Clara ?

— C'est vrai.

Sidonie a la particularité de dire à peu près tout ce qu'elle pense, sans détour. Face à cela aussi, il faut que je lâche. En acceptant ma patiente sous mon toit, j'enfreins une règle, la laissant pénétrer dans un espace intime que nul avant elle n'avait connu. Elle rencontre ainsi ceux que j'aime, et qui m'aiment.

La table est belle. Quatre bougies l'illuminent et jouent avec les flammes du feu, transformant les ombres, éclairant de façon inégale les visages au gré des souffles, faisant briller les regards.

Antoine sert le poisson et, sans doute à cause de la pénombre, son odeur, mêlée à celle du thym, du citron et de l'anisé des fenouils, enveloppe ce moment.

— Bénissons ce repas, ceux qui l'ont préparé, l'hôtesse de cette maison, et ceux qui s'y trouvent encore dans la transparence de cette nuit.

Aëlwen nous a tous pris de court, interrompant nos gestes. Antoine et Sido se regardent en souriant. Et moi, je réponds « Amen », vieux reste d'une éducation passée.

— T'es catho ? demande Sido.

— Non, pas du tout. Mais rendre grâce, remercier pour ce qui nous nourrit et ceux qui nous accueillent est commun à bien des spiritualités. J'aime perpétuer cette tradition. En particulier aujourd'hui, envers Claire qui me reçoit avec vous.

— À la tempête qui nous rassemble ! ajoute Antoine avec légèreté en levant son verre. Bon ap' ! Merci les dorades !

— *Bsaha o raha !* fait Sidonie gaiement. C'est de l'arabe. Au Maroc, ça signifie « Que tu en profites avec santé et sérénité ».

Le dîner est joyeux. Les échanges se déroulent essentiellement entre les trois jeunes convives. Aëlwen questionne tour à tour Antoine et Sido, l'un sur la mer et les voyages, l'autre sur sa passion du pain et sur ses lectures. Étrangement, sans doute par pudeur pour celle qui est ma patiente, ils l'interrogent peu. Je parviens finalement à être heureuse, présente à la belle soirée que nous offre cette tempête.

À la fin du repas, c'est de moi que vient la question qui va lever la réserve autour d'Aëlwen.

— Antoine, qu'est-ce que c'est, ce livre que tu as rendu à Sidonie ?

— *Chimera*. Un incroyable bouquin écrit par un Norvégien au nom imprononçable. Une dystopie écologique qui se passe au Congo où une équipe de chercheurs internationaux étudie la forêt et sa biodiversité. Ils découvrent que le vieux mâle d'une famille de gorilles qu'ils connaissaient bien change de comportement brutalement au point de devenir cannibale.

— C'est affreux !

— C'est un vrai thriller, hyper bien documenté, et qui pose plein de questions jusqu'à celle de savoir si nous sommes trop nombreux sur terre et si nous devrions cesser de faire des enfants.

S'installe un court silence avant que Sidonie renchérisse :

— Moi c'est clair ; j'en veux pas.

Je me lève en proposant d'aller faire une tisane, espérant ainsi clore l'échange qui s'ouvre. Quand j'entends la voix d'Aëlwen qui s'élève dans mon dos.

— Moi, je ne sais pas, lance-t-elle doucement. C'est peut-être quand on est vraiment face au choix qu'on doit répondre à la question.

— Justement ; c'est pour ça que je préfère me le dire tout de suite. Comme ça, ce n'est plus un sujet, réagit Sido.

— Oui… Enfin, ce n'est pas si simple…

J'appelle Sidonie, de la cuisine, tentant une nouvelle diversion.

— Tu viens me donner un coup de main ?

À peine m'a-t-elle rejointe que je l'interroge, tâchant d'adopter un ton léger :

— Qu'est-ce qui t'a donné envie de faire lire ce livre à Antoine ?

Malgré l'obscurité, il me semble la voir rougir un peu.

— Rien, c'est juste que les personnages du livre sont top ; et comme il aime l'Afrique…

— Bien sûr. Tu peux prendre les tasses, s'il te plaît ?

De retour au salon, nous retrouvons Aëlwen devant la cheminée, assise sur le tapis, silencieuse. Antoine est en train de replacer les braises au cœur du foyer. Dehors, la tempête souffle toujours.

— Est-ce qu'il arrive que le pain ne lève pas ? demande soudain Aëlwen à Sidonie.

— Oui, quand on débute. Si le levain n'est pas bon ou que l'on verse trop d'eau dans la pâte. Ensuite, elle peut lever plus ou moins selon l'hygrométrie. J'ai mis moins d'eau aujourd'hui qu'un jour normal. Tout boulanger apprend avec le temps et modifie son usage en fonction de son pétrin, de sa boulangerie, voire de la lune, et de la météo bien sûr. Moi, je travaille avec la lune et les marées, elles vont ensemble. Je ne suis pas seule à faire le pain.

— Je pourrais vous accompagner tout à l'heure au fournil ?

— J'ai chargé mon four de bois avant de venir. A priori je n'enfournerai pas avant 4 heures du matin. Un peu tard, non ?

— Ça ne me dérange pas.

— Comme tu veux… Ce serait bien qu'on se tutoie, alors. Le pain sent les énergies. Faire du pain, c'est nourrir un lien. Celui de l'histoire de l'homme, depuis la première céréale qu'il a cultivée et qui l'a rendu sédentaire, jusqu'à aujourd'hui où, sous toutes les latitudes, sous plein de formes différentes, l'homme se nourrit de pain. De pain et d'eau. Nourritures terrestres élémentaires.

— Merci. Peut-être que la tempête s'arrêtera alors.

— Que veux-tu dire ?

— Cette nuit a aussi besoin de ton geste pour se calmer…

Antoine me regarde, interrogatif. Et je lève les épaules en signe de demi-surprise.

Sidonie s'est assise sur le tapis, adossée au bord du canapé, à côté d'Antoine. Tous suivent des yeux les flammes qui emportent nos pensées silencieuses. Le feu rassemble nos regards. Il en va toujours ainsi de la danse des flammes. Une danse hypnotique.

Je me réinstalle au piano, improvisant des accords majeurs à la main gauche et un toucher léger et lent de la main droite. J'invite la douceur…

Aëlwen monte dans sa chambre et en revient avec le grand tambour accroché au-dessus du lit. Elle le pose contre elle, la peau face au feu.

Je la regarde, étonnée.

— D'où vient ce tambour, Claire ?

— De Mongolie, c'est Patrick qui l'a rapporté d'un voyage. Il lui a été offert par une tribu dont j'ai oublié le nom.

— Les Tsaatans.

— Oui, c'est cela ! Donc vous avez…

— J'ai passé un moment auprès d'eux, oui. Ce sont les terres d'origine du chamanisme asiatique. Ce tambour est un tambour de chaman. Les dessins sur le bois représentent les esprits de la forêt et des rivières. Il est très beau. Très ancien, aussi. Il ne devrait pas être ici.

Aëlwen a dit cela avec douceur mais non sans fermeté.

Antoine fronce les sourcils et l'interpelle, piqué :

— Et pourquoi cela ?

— Car les tambours des chamans ne sont pas des objets décoratifs mais des instruments de guérison. Et il y a une loi qui interdit qu'ils quittent le territoire national mongol. Mais s'il a été offert à votre père, c'est que celui-ci a dû être reconnu comme ayant une capacité particulière à entrer en relation avec la nature.

— Un chercheur d'eau.

— Que voulez-vous dire ?

— C'était son métier. Il allait à travers le monde pour faire les études préalables à la création de puits. Il était en Mongolie pour cela.

— Un sourcier. Souvent les chamans sont sourciers.

— Lui n'était pas chaman.

— Ça, vous n'en savez rien, Claire. On ne devient pas chaman, il n'y a pas d'école pour cela. Parfois certaines situations, certaines rencontres le révèlent. Suivant les peuples, il existe différents rituels de transe qui établissent si la personne a cette capacité de reliance avec les entités qui donnent leur souffle au monde.

— Et vous pensez que Patrick…

— Il est possible que les Tsaatans aient perçu que votre mari avait un don. Qu'il avait un rapport sensible aux énergies, aux fluides, un peu comme ceux que l'on nomme ici des « magnétiseurs ». Il s'agit d'une hypersensibilité au monde, d'une qualité d'écoute particulière. Certains l'ont sans en prendre conscience, ils vivent avec. D'autres le réalisent ou le constatent parce que leur entourage le leur renvoie.

— Mais vous pensez qu'il était chaman ?

— Il en avait certainement la sensibilité. Mais on ne peut qualifier ainsi quelqu'un sans qu'il ait voulu être accompagné dans son initiation. C'est un très long chemin. Cela dure des années. Car celui qui le devient, qui accepte d'être reconnu comme tel, accepte en même temps d'être un guérisseur. C'est une lourde responsabilité. Vous en savez quelque chose, Claire…

Évoquer Patrick provoque toujours chez moi une grande tendresse. Comme si perdurait la sensation de la caresse de sa main sur mon visage.

— En tout cas, je ne l'ai jamais entendu jouer du tambour.

— On n'en « joue » pas vraiment. On marque le temps. À l'unisson des entrailles de la Terre, d'une pulsation énergétique, le cœur contre la terre.

Aëlwen se met à frotter la peau du tambour du plat de la main. Puis ouvre sa paume en la frappant sans rebond sur la surface tendue. À plusieurs reprises. Je sens résonner le son du tambour dans ma cage thoracique, en écho.

— Vous comprenez, Claire ?

— Oui… C'est étrange. Ce son sourd, enveloppant, il m'évoque un peu celui qu'entend le bébé dans le ventre de sa mère.

— Les peuples premiers n'ont pas de problème de dissociation. Ils n'ont pas besoin d'apprendre conceptuellement qu'ils sont une espèce parmi les espèces, partie intégrante de la nature. Ils savent qu'ils en sont intimement issus. C'est un défi contemporain que de retrouver l'unité entre tout ce qui vit. Ces liens organiques sont bien ceux que connaissent la mère et l'enfant, non ?

— Et le boulanger qui fait du pain, ajoute Sidonie.

— Et le marin qui prend la mer, renchérit Antoine.

J'aime ces parallèles. Je suis bien placée pour témoigner du caractère précieux des liens. Liens dont le premier soin, in utero, est aussi important que les fondations d'une maison.

Je repense à Patrick. C'était effectivement un être sensible. Sensible aux autres – il savait les écouter et se mettre à leur diapason. Il aimait aussi cette île pour l'incontournable relation à la nature qu'elle amenait, omniprésente. Il en épousait les saisons, les rythmes, et je ne suis donc pas surprise de l'hypothèse formulée par Aëlwen quant à l'arrivée ici du tambour.

À son retour de Mongolie, il m'avait relaté la beauté des rites de la tribu qui l'avait accueilli. Lui si peu religieux avait perçu que l'animisme était une forme spirituelle à laquelle il pouvait vibrer. Le tambour était un cadeau qui l'avait touché.

J'avais conscience de la profonde intimité que nous partagions, mais il y avait également chez lui une intériorité que je respectais. Il pouvait rester des heures assis, comme posé sur le rebord du monde.

En revenant de l'un de ses premiers voyages en Inde, il m'avait dit avoir de la chance. Quand certains devaient apprendre à vider leur esprit pour habiter le temps présent par la méditation, lui, depuis son enfance, parvenait à penser comme un caillou.

— Mais un caillou ne pense pas, lui avais-je répondu.

— Justement. J'entends cette densité vide. J'aime être avec lui. Si j'étais diplomate, je serais l'ambassadeur des cailloux.

La nuit commence à être bien avancée quand Sidonie propose à Aëlwen de se rendre au fournil.

— Tu viens avec nous, maman ?

— Non, je vais vous laisser entre jeunes.

— C'est quoi, cette phrase ?

— C'est bien ainsi. Et puis c'est un fait, vous êtes jeunes. Profitez-en et faites du bon pain !

Antoine hausse les épaules et disparaît dans l'embrasure de la porte, suivi de Sidonie, partant tous les deux dans le vent et la pluie qui ne se sont pas calmés.

— Les éléments nous parlent fort aujourd'hui… Bonne nuit, Claire, me dit Aëlwen en prenant leur suite.

« Les éléments nous parlent fort ». Je me retrouve à la lueur vacillante des chandelles qui se consument et dont certaines arrivent au bout de leur mission.

Les éléments… Je ne sais pas si les dieux s'engueulent, mais je suis très sensible aux déchaînements des cieux, je l'ai toujours été. Ces instants qui nous rappellent à l'ordre, à un autre ordre que celui que nous avons bâti, à d'autres règles que les seules lois des hommes. Aux élémentaires notions qui appellent d'autres rythmes. J'aime ce regard commun au montagnard et au marin, qui vivent quotidiennement les yeux rivés vers le ciel, dont dépend la possibilité d'engager leurs projets.

Si le temps le permet… Permission supérieure, venue d'ailleurs. Appelant à composer nos accords mineurs à partir d'un accord majeur plus grand que nous.

Il ne reste bientôt plus qu'une bougie, élevant sa flamme comme un petit étendard solitaire. Une simple flamme en vis-à-vis du feu. Petite lueur de mon âme réveillée.

La flamme du chandelier a la fragilité des ailes d'un papillon. Elle n'est qu'évanescence, dernière trace à son tour. Puis, dans un ultime effort, elle brille plus fort, avant de s'éteindre ; mission accomplie.

12.
Glaz

J'ai remis du bois dans la cheminée pour que vous n'ayez pas froid.
Merci. Alwn

À mon réveil, je trouve ces mots sur un petit papier. Je découvre que j'ai passé la nuit sur ce canapé. Sans doute est-ce aussi Aëlwen qui m'a couverte du plaid écossais habituellement posé sur le vieux fauteuil en cuir.

La journée s'annonce magnifique. Les hautes branches des pins rosissent au soleil. Les stigmates de la tempête donnent au jardin une allure échevelée. Certaines agapanthes sont couchées au sol, d'autres enlacées comme si c'était le meilleur moyen qu'elles avaient trouvé pour résister. Les épines de pin recouvrent chaque coin d'herbe et, dans la petite crique en contrebas, des bois flottés se sont échoués par dizaines, tel un radeau fracassé sur le récif après avoir perdu ses passagers.

Où sont les rescapés de cette nuit ? Quels sont les amers qui ont guidé les capitaines des navires partis au large ?

Sommes-nous tous régulièrement emmenés au loin, passagers de tempêtes, pris dans les cornemuses du vent, avant d'échouer sur le rivage, le souffle coupé, cheveux algues, mains arapèdes s'agrippant à la vie comme pour lui donner la preuve que nous en voulons encore, de la vie ?

— *Hello*, m'man ! Du pain tout chaud !
— Bonjour, mon chéri. Mais d'où viens-tu ?
— De la boulangerie. Quelle nuit !
— Tu as dormi à la boulangerie ? l'interrogé-je, les sourcils froncés.
— Pas du tout dormi, non. Faut que je te raconte…
— Laisse-moi d'abord faire un thé. Et Aëlwen ?
— Elle a pris le premier bac ce matin, à 7 heures.

Mystérieuse Aëlwen… J'aurais voulu lui dire au revoir. Moi aussi la remercier. Je sens que je suis émue. Que signifie cette émotion ? Je ressens des impressions méconnues abritées juste derrière mes paupières baissées, blotties dans les minutes nocturnes, révélées aux étincelles du feu qui consume ses dernières braises aux premières lueurs du jour.

« Glaz » est le nom du thé que j'ai choisi pour accompagner ce matin. Un thé inqualifiable, thé blanc ou thé vert… « Thé gris-bleu », répondrait le fameux Émile Auté, d'où son appellation. Glaz, c'est le nom breton donné à la couleur de la mer, grise, verte et bleue à la fois. Suivant le rituel appris par Sido, je recouvre les feuilles d'eau chaude dans la coupelle en forme de corolle ouverte et vois apparaître les traces d'oxydation sur les feuilles vertes enroulées. Je prends la petite tasse japonaise et, sans attendre, verse une première eau, la plus forte en théine. J'aime cette mise en bouche. Cette eau qui la nettoie et ouvre la voie. Je reverse de l'eau. Les feuilles se déroulent. Je renouvelle l'opération ainsi sept fois. Sept eaux… Dès la deuxième, les parfums se révèlent, la troisième m'offre la plus belle densité, puis, decrescendo, l'arôme s'efface, jusqu'à la neutralité. Rituel idéal pour entrer en méditation matinale, m'a dit Sido : « Au début, t'es toute pleine des fantômes de la nuit. À la fin, tu es toute pleine de toi. »

— Alors. Raconte-moi.

— Lorsque nous sommes arrivés chez Sido, elle a allumé trois bougies, une pour chacun. Et on a découvert qu'il y avait un chat posé sur un fauteuil. Un chat gris aux yeux bleus qu'elle n'avait jamais vu chez elle. Pourtant, la porte était fermée. Mais Sido semblait à peine surprise. « Tout ce qui est doit être » est sa phrase préférée. Le chat n'a cessé de suivre Aëlwen. Moi je trouvais cela étrange. Même quand elle est partie ce matin prendre le bac, il la suivait encore.

— Étonnant…

— Oui. Ensuite, Sido a ouvert son four à pain. Avec la force du vent de la nuit, il n'y avait quasiment plus de braise mais le four était très chaud. Elle nous a alors demandé de rester en silence. C'était très beau. Les pâtons attendaient sur trois grandes planches en bois, protégés par un linge. Sido nous a invités à reproduire son geste : recouvrir chaque pain levé de farine, comme une caresse. Formes douces et arrondies. C'était sensuel. Féminin… Aëlwen était très appliquée. Moi, je regardais les mains de Sido. Puis, sur certains pains, nous avons mis des graines et des fruits secs. Chacun se servait dans des pots en terre dans lesquels nous ne pouvions voir grand-chose, alors on choisissait au goût, à l'odeur. Il y avait de l'anis, du cumin, du millet, des graines de courge, des amandes et plein d'autres ingrédients encore. Avant d'enfourner, le dernier geste a été d'entailler la surface au-dessus des pâtons. Comme nos signatures. Aëlwen a dessiné des traces qui représentaient des bois de renne. Puis, quand les pains ont été enfournés, nous nous sommes retrouvés autour de sa grande table. Tu te souviens de ce qu'avait dit Aëlwen à propos de la tempête ?

— Oui, que cette nuit avait besoin du geste de Sidonie pour que cesse la tempête.

— Eh bien c'est vrai que le ciel s'est dégagé, au point que la lune est apparue juste au-dessus du phare du Paon, dans l'alignement. Au même instant, l'aube pointait à l'opposé. « Tout est bien », a dit Sido, rompant le silence. Aëlwen semblait apaisée. À la lueur des trois bougies, on a bu un mélange d'herbes que Sido ramasse sur l'île et qui change au gré des saisons. Elle nomme sa tisane « kermezen », le « zen » *made in* Bretagne.

— Je l'ai bue une fois avec elle, un matin où je l'avais retrouvée à l'aurore.

— C'est là qu'Aëlwen s'est mise à parler. Et à pleurer. Pas des sanglots, plutôt des larmes qui accompagnaient ses mots. Elle nous a parlé de guérison. Du chemin emprunté avec toi. Elle t'aime beaucoup. Elle nous a dit qu'elle était enceinte et que c'était la raison pour laquelle elle était venue te voir. Elle t'appelle « la mère des mères » car en t'occupant des femmes et de leurs enfants, tu soignes la grande tresse de générations féminines qui cherchent leur place dans un monde tenu par des mains d'hommes. Puis elle a dit à Sido qu'ici, sur cette île, elle aussi était guérisseuse. Que dans leur pain quotidien, ceux qui vivent sur cette île puisent l'énergie qui s'y trouve. Et que ces tisanes sont des filtres puissants. Similaires à ceux que donnent à boire certains chamans aux personnes qu'ils accompagnent dans leurs voyages de guérison. Sidonie souriait – tu vois comment elle peut être quand on lui fait des compliments. Elle a seulement répondu qu'elle était à sa place ici.

— Tu l'aimes beaucoup, Sido…

— Oui. Je crois que je la découvre. Pour moi, jusqu'à maintenant, c'était surtout ton amie. Nos trajectoires semblent opposées et correspondent chacune à une manière d'habiter le monde. Elle dans l'ancrage, dans une relation à la terre, et moi qui vis avec la mer, sans cesse en mouvement. Chacun raconte à l'autre des facettes différentes du monde.

— Je comprends… dis-je en souriant.

— Ça te fait penser à toi et papa ?

Cet enfant lit dans ma tête.

— Oui, mon chéri. Tu es le premier à savoir que cela donne de beaux fruits.

— Holà ! Ne me fais pas dire ce que je n'ai pas dit. Sido et moi, c'est juste une jolie relation. Rien de plus.

Je souris à ce grand fils parfois bien innocent malgré ses longues traversées océaniques en solitaire.

— Autre chose, m'man… Ça n'a rien à voir. Mais tu sais, l'histoire de Léontine et de ses deux fils ?

— Oui. J'y pense souvent, à cette mère.

— Eh bien figure-toi que j'ai reçu un mail des archives départementales du Var. Je leur avais écrit pour savoir s'ils n'avaient pas des éléments relatifs au passage de Pierre d'Alaigre au bagne.

— Et alors ?

— Ils ont répondu qu'ils ont un dossier contenant une enveloppe cachetée, adressée à l'époque par l'administration pénitentiaire à Léontine d'Alaigre au château de Kerantec, et retournée à l'expéditeur faute de réceptionnaire.

— Incroyable !

— Oui.

— Peut-être un autre pan de l'histoire que nous allons découvrir

— Qui sait…

Les poètes aux mains nues

« La Doucette », comme ils l'appellent ici. Elle a été le visage du premier jour. Je venais juste d'ouvrir la boulangerie. Elle se tenait sur le pas de la porte, un bouquet à la main. Elle me l'a tendu avec un sourire, m'a regardée et, sans dire un mot, est repartie sur le chemin.

Toujours vêtue d'une grande jupe à fleurs et de vareuses délavées, elle est devenue au fil des ans mon amie silencieuse. La Doucette est muette et vit seule dans la maison la plus au nord de l'île. Elle a de longs cheveux noirs et des yeux verts comme seuls certains chats en ont.

Elle a toujours un carnet dans sa poche, sur lequel elle écrit quand elle veut communiquer.

Yann est très ami avec la Doucette, ils ont en commun la passion des plantes mais lui aime les cultiver, sélectionner les plants tandis qu'elle herborise dans les fourrés et les prairies sauvages. Elle tient tout son savoir de sa mère, qui le tenait elle-même de sa grand-mère, et cela depuis bien avant encore. Un jour, elle m'a prise par la main et m'a emmenée à la cueillette. Elle m'a tout appris des plantes qui peuvent devenir des tisanes et que je mélange avec des épices provenant du Maroc : la cannelle, la badiane, l'anis, les boutons de rose de la vallée du Dadès…

À Zagora aussi il y avait une Doucette qui s'appelait Dounia. Enfant, elle me faisait peur quand elle venait voir ma grand-mère.

Elle ramassait ses plantes dans les plis de sa longue robe noire et venait déposer sa récolte dans de larges corbeilles en osier que tressaient mes tantes. Ainsi elle embaumait le patio de la maison de l'odeur de l'herbe sèche. Dounia avait un regard noir souligné de traits de khôl appuyés. Quand elle posait les yeux sur moi, je courais me réfugier dans les bras de ma grand-mère.

Elle avait aussi des tatouages sur les mains, dans leurs paumes ainsi qu'au visage où une croix d'Agadez marquait son front.

— C'est une Touareg, m'a dit un jour mon père avec respect. Une femme qui a traversé tout le Sahara et qui sait lire dans les astres.

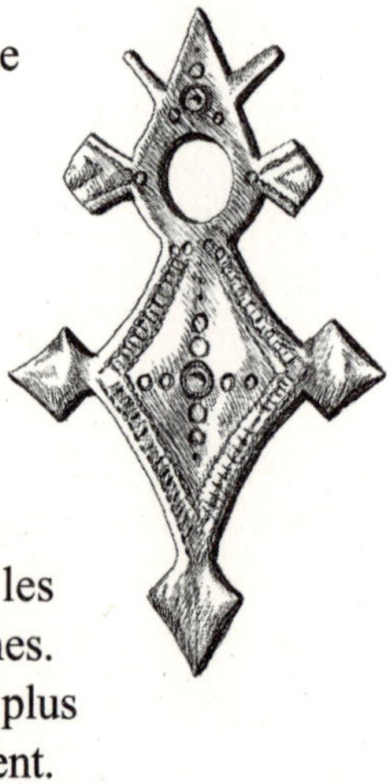

Un matin, Dounia est partie seule dans le désert. Elle était très âgée. On l'a vue s'éloigner droit vers les grandes dunes. Certains se sont étonnés qu'elle parte ainsi car il existe bien peu de plantes qui poussent dans les sables. À la nuit tombante, comme elle n'était pas revenue, les hommes ont suivi les traces de ses pas avec des torches. En haut de la septième dune, la plus élevée, les empreintes disparaissaient.

Ma grand-mère n'a pas semblé surprise. Elle-même était très âgée et m'a dit, mystérieuse :

— Elle est allée là où une étoile filante a pu l'emporter dans ses voiles.

Ici aussi, la Doucette sourit aux enfants, mais ceux-ci s'en écartent. Le regard d'un enfant n'est pas toujours tendre.

Sur l'île, tout le monde sait quand elle a lu un livre car ses marque-pages sont des fleurs séchées que l'on retrouve entre les dernières pages.

Elle me rejoint souvent au fournil, à l'aurore des nuits sans lune. Elle prend mes mains et les retourne. Là, dans la blancheur enfarinée de leur paume, elle souffle sur le talc de blé, puis suit les lignes de mes mains. Ensuite elle me sourit et s'en va en cueillette.

Un jour où je lui demandais quel était ce rituel, elle m'a répondu, à l'aide de son carnet : « C'est dans tes mains que je trouve mon sentier quand la lune n'est pas là pour m'éclairer. »

J'aime les chemins qui commencent dans la farine, les chemins à tâtons, les herbes sauvages aux mille vertus, les poètes aux mains nues…

13.
Les mots d'une mère

Antoine a répondu aux archives départementales en expliquant ce qui l'a conduit à s'intéresser à Pierre d'Alaigre, son lointain parent, et demandant que la fameuse enveloppe nous soit adressée. Il a dû fournir quelques pièces d'état civil attestant l'authenticité de ce lien et c'est ainsi que je reçois, alors qu'il est déjà reparti en mer, une grande enveloppe blanche en contenant une seconde, jaunie par le temps, à l'adresse écrite à la plume, et marquée d'un sceau à la cire.

Je dépose ce pli, sans l'ouvrir, sur mon bureau, me sentant incapable de le décacheter comme un simple courrier arrivé parmi d'autres. Quelque chose me retient. J'attends le bon moment. Comme si je pressentais qu'il est des gestes qui doivent être préparés pour être à la hauteur du rendez-vous.

Il reste là deux jours.

« Tu peux douter de l'existence de Dieu, mais pas de Sa lumière. Sans Elle, les étoiles ne brilleraient pas, l'aube ne chanterait pas. Sans Elle, la lune pourrait-elle sourire ou le soleil s'enorgueillir ? Sans Elle, y aurait-il un ciel vers lequel se tourner ? Celui qui n'a jamais vu la beauté, qui ne s'est jamais émerveillé, ne pourra jamais aimer. »

Aëlwen m'a adressé ce texto. Accompagné d'un commentaire : « Ce sont les mots d'un chaman mongol qui anime le 1er juin une rencontre dans la baie des Trépassés, à la pointe du Raz. C'est à 18 heures, si cela vous intéresse… »

Le feu brûle dans l'âtre. J'ai sur mes jambes le plaid écossais. Et je goûte au pain de graines sur lequel Antoine a posé les mains, faisant craquer la croûte sous mes doigts.

J'ouvre enfin l'enveloppe.

Il s'agit bien des lettres de Léontine à son fils. Les battements de mon cœur s'accélèrent.

Il y a également un dessin au fusain sur un papier très abîmé. Un dessin signé de Pierre. Je comprends qu'il s'agit d'un portrait de Maria, la jeune femme dont il était épris. Un visage blanc dans une chevelure noire d'une densité que le charbon traduit bien. Pierre semble avoir passé et repassé sa mine noire tels des doigts dans les cheveux de la femme aimée. Sans doute le fusain était-il un rustique morceau de bois calciné taillé à même les murs de sa geôle. Je sais, par l'une des lettres qu'il a envoyées à sa mère, que Maria avait les yeux bleus. Je vois ces yeux me faire face. Incroyable tension dans ce regard. Pierre a réussi, au seul noir de ses traits, à dessiner un portrait qui n'est composé que d'une chevelure et d'un regard, flamme au milieu d'une nuit. J'imagine que ce regard a dû l'accompagner jusqu'à son dernier souffle.

En vis-à-vis des lettres de Pierre, je peux maintenant apposer celles de sa mère, chacune étant datée. J'y découvre les réponses à son fils. Des réponses de mère, à la hauteur d'une mère. Je peux mesurer une nouvelle fois à quel point elle fut, comme tant d'autres, au rendez-vous de l'histoire. Infaillibles de tendresse, patientes au-delà de la raison, aimant sans conditions, même le fils assassin. Une société devrait avoir conscience qu'elle ne tient debout que par elles, femmes endurantes d'humilité aux côtés d'hommes en quête de gloires éphémères. Combien sont celles qui m'ont raconté leur indulgence à l'égard du père de leur enfant, malgré tout. Malgré ses errances, ses absences, sa violence parfois. Si les femmes avaient appliqué la loi du talion, le monde serait aveugle.

Les lettres de Léontine portent l'empreinte de ses larmes. Dans les pleins et les déliés d'une écriture élégante, il y avait tant d'amour…

Mon si cher fils,

Vous avez enfin trouvé d'autres rivages où accoster. C'est une grande force que de parvenir ainsi à ne pas tourner votre regard sur les pierres noircies que vous décrivez mais vers une lumière intérieure. Percevez-vous combien est beau ce chemin que vous accomplissez loin de la désespérance ? Puissiez-vous sentir combien je suis à vos côtés. Dans ce passage terrestre qui est le nôtre, cet instant qui est plus bref que la vie d'une chandelle, ce chemin de chair prend sens lorsque nous comprenons que l'alphabet terrestre est bien pauvre en signes pour écrire autre chose qu'un préambule. L'âme s'éclaire ailleurs. Dans l'à-tire-d'aile du vol du passereau, dans l'irisé de la rosée posée au creux d'une verte feuille printanière, dans les lichens qui brillent comme des fils d'or sur les vieux chênes. Il n'est là point question d'obéissance à une quelconque religion mais d'accueil de la plus grande des altérités. L'Autre est en nous.

En la lisant, j'imagine Léontine, je la devine et m'en approche.

Je l'imagine dans ce château de granit, dans l'immensité des salons et des pièces, elle aussi au plus près de la cheminée car les murs des vieilles pierres du Trégor jamais ne se réchauffent. Je l'imagine forte ; de celles qui n'ont pas le choix de l'être, à la tête d'héritages qu'on ne peut refuser, et qui sont à jamais des enchaînements à une terre, à un ciel, aux grands arbres qui deviennent le seul horizon de fenêtres que l'on ouvre rarement. Dans les mots de cette mère enracinée malgré elle, il y a pourtant une immense ouverture. Elle écrit en images, sait répondre au dramatique par une poétique constellée de pardons qu'elle offre à son fils. De la mère, ils sont acquis ; mais, lettre après lettre, je perçois que le travail qu'elle a entrepris est celui de l'apaisement de l'enfant, du pardon qu'il devait s'octroyer à lui-même. Un peu comme on accueille la colère d'un tout-petit contre son sein pour le calmer et lui offrir une issue de tendresse.

Je sais qu'elle y est parvenue car j'ai en mémoire les mots du jeune homme ; cette étape qu'il a franchie quand il raconte comment il arrive désormais à voyager malgré la réduction de son décor aux sombres murs d'un cachot.

Je suis frappée par la maturité des écrits de Léontine mais aussi par une évidence que les spécialistes de la psyché ont mis bien du temps à conceptualiser. Le premier des juges est en nous et il n'est de plus difficile clémence à souhaiter que celle que nous nous accordons quand nos actes ont perdu toute gloire. De même que toute la reconnaissance que nous recevons d'autrui ne comble jamais le gouffre creusé par celui qui ne s'estime point.

Je lis les lettres, l'une après l'autre. Baumes d'une mère sur sa propre blessure autant que sur celle de son fils. En découvrant ses mots, j'ai la conviction que la grande fresque colorée, très peu académique, qui orne les murs de la vieille chapelle de Kerantec a été commandée par elle. S'y déploie un univers onirique d'une immense douceur renforcé par les pastels utilisés. On y distingue des ruisseaux et des mousses, des lianes et des feuillages, habités par des animaux de tous ordres, ailés et rampants, mammifères parfois imaginaires qui, à l'évidence, vivent en harmonie. Animisme breton dans une chapelle dédiée à sainte Anne… Il y a là une grande ouverture, tout comme une réconciliation avec l'histoire.

Et puis je saisis une enveloppe. Une enveloppe mystérieusement encore scellée. Je comprends au cachet qu'il s'agit de l'ultime envoi de la mère à son fils. Pendant un instant, je m'interroge sur le droit qui est le mien d'ouvrir cette lettre. La lecture de correspondances est déjà une indiscrétion, mais qu'en est-il d'un message jamais lu par la personne à qui il était adressé ? Quelle est cette sourde appréhension qui m'habite, arrêtant mon geste au point que je dépose l'enveloppe sur la table basse ?

Je décide de sortir prendre l'air.

J'ai déjà à accueillir, à assimiler, à entendre tout ce que j'ai lu.

Je pars marcher, empruntant le sentier côtier vers le sud. Quelques jours après la tempête, l'île est encore marquée par son passage. Un pin a plongé la tête dans la mer du côté de Crec'h Allano, je dois l'enjamber. Dans chaque crique, des bois blanchis au sel provenant d'autres rivages composent une seconde ligne parallèle à l'écume des vagues.

« *We are not alone...* » La chanson de Nick Cave accompagne mes pas. Nous ne sommes pas seuls. J'ai cette infinie conscience de ne l'être jamais, seule. L'insularité n'est pas solitude. J'ai toujours eu le sentiment sur cette île que je vivais à la croisée de deux lignes. Celle de l'horizon qui m'invite à regarder au loin et une autre, invisible, verticale, qui me traverse et jaillit du fond de moi et se tend comme un arc vers le ciel. La tentation d'une île peut être de refuge. Pourtant, il faut savoir explorer la vulnérabilité comme une ressource. L'îlien n'a d'autre issue que la mer ou son imaginaire pour s'en échapper. Un imaginaire nourri d'introspections parfois redoutables. On peut se détourner du regard d'un autre mais pas de soi-même.

Un tout petit pont nommé « Pen ar Prat » relie les deux morceaux de Bréhat. Il rassemble en réalité deux îles qui ont deux visages différents. La plus sauvage, la moins habitée, au nord ; et la plus chic au sud, à l'ambiance germanopratine lorsque, l'été, les maisons secondaires se remplissent. Le « pont du pré » est la traduction française qui nous dit bien ce qu'a été auparavant Bréhat, habitée d'un côté, lande cultivée de l'autre.

Il est bien loin, le temps où Bréhat était misérable et austère, celui où l'île venait d'être ravagée par les troupes anglaises, les maisons incendiées, et ses habitants pendus au moulin de Crec'har Pot.

Je trouve Sido assise dans le pré. Elle vient y lire quand il fait beau et qu'elle a fermé sa boutique. Double condition somme toute assez rare. « J'ouvre quand je veux, je ferme quand je veux », m'a-t-elle dit un jour comme s'il s'agissait là d'une déclaration de liberté de principe. Parfois elle appose un *Je serai fermée demain* pour que chacun puisse prévoir son ravitaillement en pain, ou en livres. D'autres fois, une ardoise indiquant *Fermé pour un moment* pend à la poignée. Elle-même ne planifie pas la durée du moment, mais nous savons qu'à la tombée du jour, elle sera rentrée.

Je n'ai pas revu mon amie depuis la soirée de la tempête.

— Coucou, Clara ! me lance-t-elle, relevant la tête de son livre, allongée sur le ventre, les jambes en l'air, pieds nus.

— Coucou, Sido ! C'est les vacances ?

— Oui, le temps de finir ce livre, me dit-elle en me montrant sa couverture. *Croire aux fauves*, Nastassja Martin.

— Ambitieux, ce titre !

— C'est passionnant. Étrange synchronicité. Aëlwen m'a raconté son histoire avec l'ours et, le lendemain, je recevais ce livre. L'auteure relate sa rencontre avec un grizzly qui aurait pu être dramatique. Je te le prêterai, si tu veux.

— Volontiers, fais-je en hochant la tête. Dis, Antoine m'a raconté que vous aviez passé une sacrée fin de nuit !

— Oui. C'était chouette.

— Tu as revu le fameux chat gris aux yeux bleus ?

— Non.

Je m'apprête à laisser Sido tranquille quand elle m'invite à m'asseoir sur l'herbe.

— T'as cinq minutes ?

— Oui, bien sûr.

Sido n'a pas l'habitude de trop s'embarrasser et elle est habituellement très à l'aise en toutes circonstances. Je suis amusée de la voir faire des mimiques avec sa bouche en lançant des regards au ciel avant de parvenir enfin à me dire ce qui lui brûle les lèvres.

— Promis, tu me réponds vrai de vrai ?

Je souris à cette expression venue de je ne sais où.

— Bien sûr. Croix d'bois croix d'fer, si j'mens j'vais en enfer, juré-je la main sur le cœur.

— Bon… Alors c'est tout simple. Qu'est-ce que tu dirais si j'étais amoureuse d'Antoine ?

Je fais une moue marquant un faux étonnement.

— Antoine. Mon fils ?

— Ben oui, y en a pas quarante sur l'île !

— Si, y a le père Antoine. Celui qui a ses trois vaches dans la lande vers Kerarguillis.

Elle éclate de rire.

— Je l'ai jamais vu avec un livre, celui-là.

— Ah… Parce que c'est le seul critère ?

— Bon… Tu me fais tourner en bourrique, Clara. Alors, tu dirais quoi ?

— Sérieusement, ça me fait drôle. Jamais je ne me serais attendue à cela. Mais, après tout, ça peut paraître assez évident. Et puis, même si tout le monde s'y est habitué, on était un peu surpris, sur l'île, qu'une fille comme toi reste avec ses livres et son pain sans amoureux. Antoine est peut-être le gars le plus adapté à ta sacro-sainte liberté… Mais tu sais, je ne lui ai jamais connu d'amoureuse.

— Il t'aime trop…

— Ne dis pas de bêtises.

— Ce n'est qu'une demi-bêtise.

— Tu crois ? Mais sait-il que tu es amoureuse ?

— En fait, je ne lui ai rien dit. Il a l'air de pas s'en rendre compte. Alors j'ai un peu envie d'être plus claire.

— Écoute, Sido, sois surtout toi-même. Et ne t'inquiète pas pour moi. Au moins, si c'est toi, il aura une double raison de venir à Bréhat.

Elle me prend dans ses bras. Nous sommes heureuses l'une pour l'autre, je crois.

— Merci, Clara.

— Franchement, tu n'as pas besoin de mon autorisation ! On a tous le droit d'aimer.

14.

Les nuits traversées

Mon fils chéri,

J'ai été bouleversée à la lecture de ta dernière lettre où tu m'annonces ta maladie, et cette faiblesse dont tu sens qu'elle pourrait t'emporter.

Malgré cette « perpétuité », condamnation qui me réveille encore parfois en pleine nuit, prononcée de la voix tranchante du président du tribunal de Quimper, j'espère toujours te revoir. Ne plus y croire, ne serait-ce que dans mon silence intérieur, est trop douloureux.

Je voudrais, même si cela n'y changera rien, parvenir à rejoindre Toulon. Accompagner, même au pied de l'enceinte du bagne où tu te meurs, ton voyage vers le plus grand des mystères. Délivrance ultime. Là-bas, rien n'est noir. Mais, sans attendre, je t'écris, en espérant que mes mots te trouveront à temps.

Par-delà mon amour, qu'il m'était inconcevable de ne pas te témoigner encore, j'avais à partager avec toi un événement auquel je n'étais pas préparée.

Il y a quelques jours, un jeune homme, âgé de seize ans, est venu à Kerantec. Grand, habillé de façon modeste mais rasé et coiffé, il a demandé à me voir. Il avait le cheveu sombre et le regard bleu, de ce bleu de la mer qui vire au vert au premier soleil découvert par les nuages. Glaz, comme on nomme cette couleur chez nous. Il s'est présenté sous le nom d'« Erwan ». Sur le pas de la porte, il m'a tendu une chaînette en or accompagnée d'un médaillon, puis il a regardé le blason qui surplombe l'entrée de Kerantec. J'ai immédiatement reconnu cette médaille que ton frère et toi avez reçue lors de votre baptême. D'un côté les armoiries des Alaigre, de l'autre, le visage de sainte Anne. Ce garçon avait un regard intense mais triste malgré sa beauté. « Je voulais juste savoir », m'a-t-il dit. Il m'a expliqué qu'il avait grandi dans un orphelinat à Tréguier où il avait été placé à trois ans, au décès de sa mère. À quatorze ans, quand il avait été en âge de quitter l'établissement, on lui avait remis le médaillon. D'abord il n'en avait rien fait, puis un jour il avait cherché l'origine de ce blason qui figurait sur sa médaille et il était remonté jusqu'à nous. Notre échange n'a pas duré plus de quelques minutes pendant lesquelles je suis restée muette, interdite, sous le choc de l'évidence qui se faisait jour.

Je l'ai laissé repartir sans le retenir. Je n'en avais pas la force. Car dès que je l'ai vu, j'ai su. Et j'ai été prise d'effroi. Cet enfant est celui de Maria, il en a les yeux, et tous les traits. Le médaillon était le signe de sa filiation. Je suis alors partie fouiller vos chambres et bureaux, et je n'ai retrouvé aucun des deux médaillons. Se peut-il que ce garçon soit le tien ? Toi seul le sais. J'imagine combien cette nouvelle te bouleversera, mais il n'était pas envisageable que je la conserve par-devers moi. C'est également ton histoire.

Avec la tendre affection d'une mère désemparée et aimante.

À la lecture de cette lettre, je suis prise d'un vertige. À plus d'un siècle d'écart, je deviens celle qui découvre ces mots.

Il y a tout ce qu'ils disent, mais aussi ce qu'ils n'ont pas pu dire. Jamais la mère n'a su que sa lettre n'avait pas été lue. Et jamais Pierre n'a appris sa possible paternité. Qu'aurait-il fait d'une telle révélation ? Aurait-ce été de nature à lui fournir un mobile pour s'accrocher à la vie ou cela aurait-il pu, a contrario, l'achever sous le coup du désespoir d'un père laissant derrière lui un orphelin ? Et Léontine, qu'est-il advenu d'elle ? Qu'a-t-elle décidé après le départ d'Erwan ? Alors qu'elle savait que, même non reconnu, il était son petit-fils ?

J'aimerais partager avec Antoine cette révélation, et les questions qu'elle fait naître dans son sillage. Mais il se trouve en mer, et je ne parviens pas à le joindre, alors je ne lui laisse qu'un bref SMS : « Je t'aime, mon fils. »

Je relis la lettre, une, deux, trois fois, m'assurant de bien avoir tout lu, tout entendu. Imaginant cette mère boulversée, seule à son petit bureau donnant sur le parc, face au ginkgo que je connais.

A-t-elle su, Léontine, vivre avec tout cela ? A-t-elle seulement pu ?

Je regarde la mer, les millions de rides qui font trembler sa peau et qui étincellent aux derniers éclats du jour. Je ne parviens pas à lâcher la lettre. Je tiens la main de celle qui y a déposé sa douleur. Mots arrachés au cœur, telles ces algues lors des tempêtes qui, emportées par les marées, jonchent l'estran. Mots arrachés d'amour.

Je reste ainsi longtemps, debout, accompagnant jusqu'à la dernière lueur, l'ultime empourpré du soir sur le récif du Chandelier, au large de l'archipel. Je m'agrippe à la lumière.

Puis je pose mon regard sur la nuit, dans la nuit. Ces nuits de pensées sombres dont je sais qu'elles sont les écueils de nombreuses détresses. Combien de patientes m'ont appelée en urgence, aux heures où le jour s'achève, effrayées par le noir. Un noir du dedans, perception d'être au bord d'un gouffre dans lequel l'on ne pourra que se jeter. J'accueillais alors les paroles de chacune et les invitais à noter sur un papier les pensées surgies de ces moments : les visages noirs, les mots noirs, les lieux noirs, les gestes noirs qui apparaissaient. Dans l'ombre de l'ombre sont tapis les fantômes traînant leurs boulets. Puis les fantômes s'effacent avec le jour. Tout le travail de la psychanalyse est d'aider à les démasquer pour détacher la chaîne qui enserre leur cheville, afin d'éviter qu'ils ne resurgissent. Aider également à découvrir que, sans la nuit, on ne verrait pas d'étoiles.

Je finis par reposer la lettre sur la table basse, et fais bouillir de l'eau dans laquelle je jette quelques feuilles de verveine et des grains d'anis.

Le cœur de la nuit… Est-ce le moment où il bat plus fort, ou plutôt celui où on l'entend réellement battre car tout n'est plus que silence et qu'il est alors le seul mouvement ?

Je prends ma grande tasse à tisane et sors dans ce cœur de nuit.

Il fait doux. C'est le propre de la Bretagne, et le bonheur de tous les jardiniers.

— Ce n'est pas vrai qu'il fait froid ici, m'avait dit Yann à mon arrivée sur l'île. La Bretagne est humide, la Bretagne est venteuse, mais elle n'est pas froide. C'est dedans qu'il fait froid parfois, si tu ne t'es pas protégée du vent et de la pluie. Mais dès qu'ils cessent tu peux sortir dehors toute nue. L'air breton est doux.

J'avais éclaté de rire. Il faut être breton pour aimer le temps breton. Et c'est bien ainsi… Cela dit je ne suis jamais sortie toute nue après une tempête, il faudra que j'essaie.

Dans la douceur de cette nuit, couverte de mon grand pull vert et les pieds nus, j'ai quitté la maison. Nuit sans lune mais nuit d'étoiles. Les étoiles n'éclairent pas, elles guident.

Sous le regard à peine surpris des grands pins, je rejoins la petite crique du bout du jardin. À cette heure, les agapanthes dorment. Mer calme, nuit calme.

Sur la rive, je m'assois sur un rocher aux formes étranges, mon préféré. Sculpté par les vagues, il est à lui seul une présence que je rejoins souvent.

Les rochers de Bréhat sont d'une couleur unique. Ou plutôt de couleurs uniques ; parfois vieux rose, généralement roux, terre de Sienne, voire orangés. Teintes issues de la palette de trois peintres qui travaillent conjointement : l'air qui les éclaircit, l'eau qui les assombrit et le soleil qui les fait briller.

Assise sur mon rocher, gardienne éphémère, ma tasse brûlante au creux des mains, les pieds dans l'eau, j'attends.

Je traverse cette nuit. Après avoir perçu la dernière lumière de l'ouest, je guette l'éclat de l'aube. Là où nous sommes, sur ce petit cap, nous pouvons être girouette et suivre l'orientation nord-est-sud-ouest de l'île. Privilégiés des levants et des couchants.

C'est dans cet intervalle, à l'heure bleue, que je saisis ce qui me trouble tant dans cette lettre parvenue de si loin.

Il n'y a pas simplement ce lien qui relie toutes les femmes, toutes les mères du monde, comme une solidarité invisible, ligne de vie qui tient l'humanité à elle-même. J'aurais pu laisser Léontine à sa douleur. Y compatir comme nous compatissons à la lecture des tragédies qui touchent les habitants de la Terre, à ses quatre coins. Mais je prends conscience qu'il y a un commun qui me rattache à cette femme, un commun de quelques lettres : un nom. Parentes éloignées, au lien indistinct, mais unies par le nom. Un nom qui me lie non seulement à elle, mais également à celui qui aurait pu, si l'histoire avait été autre, porter le mien et celui d'Antoine… « D'Alaigre ».

Erwan… Sans prévenir, venant de loin, je suis envahie d'émotions. Larmes anciennes mêlées à celles d'aujourd'hui. Visage imaginaire d'Erwan se superposant à celui d'Antoine à ses seize ans, si doux et déjà si déterminé. Je suis bouleversée, submergée de sanglots. Je n'ai d'autre possibilité que de traverser à marée haute. C'est bien en percutant nos vies que celles de personnes que nous ne rencontrerons jamais, mais dont nous découvrons le récit, nous émeuvent. Et si c'était moi, et si c'était lui…

Les époques ont leur cruauté. Celle de Léontine l'a conduite, sans même lui laisser le choix, à chasser Maria. Aujourd'hui, il en serait allé tout autrement.

Toujours est-il qu'Erwan fut mis au monde, jeté au monde – l'atteste son regard triste décrit par Léontine.

Le voilà dorénavant bien davantage qu'un inconnu, il est de ma famille ! Et je suis désormais celle qui sait. La seule.

Il existe un arbre, le plus immense et le plus ancien qui soit, qui porte autant de feuilles que de noms d'hommes et de femmes. Feuilles chacune à l'autre différentes, reliées les unes aux autres, parfois sur la même branche, parfois sur la même brindille. Erwan, quelle qu'ait été sa vie, était une feuille accrochée à quelques brindilles de là où je me situe. Quoi qu'on soit, quoi qu'on veuille, on est un nom. Et en changer ne brise pas la brindille, la branche à laquelle est nouée notre existence. Je suis Claire. Et je suis d'Alaigre. Tout comme Antoine, la tante Louise et ses fils, l'oncle Jean, et tous ceux, cousins ou aïeux, qui portent avec moi ce patronyme.

Pour certains, un nom est un laissez-passer, il ouvre les portes, précède celui qui les pousse avec facilité. Pour d'autres il peut être une charge. Il pèse le poids de ceux qui l'ont transmis. Ce n'est de la volonté d'aucun mais il en va ainsi. Et le fardeau du nom ralentit le pas, au point même de clouer sur place.

N'est plus alors « Claire » celle qui se présente, mais d'abord « d'Alaigre ». Héritière !

J'ai la chance de ne pas avoir porté mon nom comme un fardeau. Jusqu'à ce jour, il avait la neutralité et la douceur de l'air. Je mesure aujourd'hui qu'il m'invite à une mise en mouvement que je n'aurais pas imaginée avant l'ouverture de cette lettre d'un autre siècle.

Je dois à Maria, et surtout à Erwan, de connaître leur histoire. Avec ce que je sais, je ne peux rester là et continuer à vivre sans agir.

De rires en bavardages

S'il est bien une chose qui change lorsqu'on arrive en France, en venant du Maroc, c'est le rapport au temps. « Vous, vous avez l'heure, nous nous avons le temps », aimait dire papa aux touristes qui s'étonnaient de l'élasticité des horaires.

En mettant quelques tables dans la boulangerie, j'ai voulu offrir du temps. Vendre du pain, mais également offrir un lieu sans horloge où s'asseoir, boire un thé, écouter et parler ; à celui qui est là et que l'on connaît déjà, mais aussi à celui que l'on découvre et qui est prêt à partager un peu de son temps, à bavarder.

Ça me rappelle la médina, quand j'ai eu l'âge de porter le pain au four banal. Là, le temps de la cuisson, je retrouvais les femmes. Et je les écoutais parler, et rire très souvent. C'est joyeux, des femmes ensemble. Déjà, petites filles, elles connaissent le chemin des rires plus que les garçons.

Et puis parfois, au lever du jour, debout sous la lumière d'un lampadaire, toujours accompagnée de l'odeur du pain chaud, je comprenais des choses importantes. Des femmes qui se racontaient leurs soucis, leurs émois, leurs amours, leurs frustrations, leurs douleurs, leurs joies, aussi.

J'écoutais ce monde, habituellement caché derrière les hauts murs ocre des riads, et qui tout d'un coup devenait bavard, accessible.

Parfois maman s'étonnait quand je tardais à rentrer.

— Tu n'as pas fait brûler le pain ? s'inquiétait-elle.

Et je lui répondais que j'avais pris une petite leçon de vie.

— Les femmes disent ce que les hommes taisent, murmurait-elle.

Je crois qu'à l'angle de la ruelle de la médina, devant ce four, au rythme du ballet des pains, j'ai appris beaucoup sur l'âme humaine, ses ornières et ses épiphanies.

C'est la même chose ici. Sur la grande table en bois de la librangerie, Bréhat se raconte, s'émeut et s'indigne, et je suis aux premières loges de ce petit théâtre qui se renouvelle chaque jour.

— On apprend toujours davantage quand on écoute que lorsqu'on parle, m'a dit papa une fois.

Et c'est si vrai. À combien d'occasions avons-nous été tentés de mettre notre grain de sel dans un propos que nous avons interrompu sans en connaître la totalité. La pâte humaine est comme celle que je travaille chaque jour. Elle se lève, elle varie au gré des vents, elle devient sucrée ou se corse en fonction des événements. Elle est vivante.

Moi-même, je ne me suis jamais sentie aussi vivante avec ce cœur qui en ce moment bat plus fort…

15.

À poings fermés

« Les nuits sont enceintes, et nul ne sait le jour qui naîtra », dit un proverbe turc.

Nous percevons souvent mal tout ce qui se joue la nuit. L'esprit n'est pas en sommeil quand le corps l'est. Il travaille en silence, en profondeur, il assimile, il rejette aussi… Parfois, il fait naître des fulgurances, des évidences qui nous réveillent ou se révèlent au petit jour. J'ai toujours pris garde à ne décider de rien le soir. À laisser suspendues les questions à la nuit qui porte souvent conseil.

Nous sommes lundi ; un jour « Aëlwen ». L'échéance approche, butée au-delà de laquelle, si elle ne fait rien, elle devra aller au terme de sa grossesse. Je la sais consciente de cela.

9 mai 2022 – 15 heures. Ciel se découvrant par l'ouest, mer calme.

— Comment ça va, Aëlwen ?

— Bien… Mieux. Je voudrais vous remercier pour l'autre soir.

— Je vous en prie.

— J'ai aimé les échanges avec Sido et Antoine. C'est un chouette gars, votre fils. Avec lui tout semble simple. Je lui ai écrit un message pour le remercier. Mais il n'a pas répondu. Je crois qu'il est en mer.

— Oui.

— Et puis Sidonie est déterminée, elle semble tellement au clair. Sûre de son chemin. Vous avez vu, pour les enfants…

— Que fallait-il voir ?

— Eh bien, elle n'en veut pas.

— Vous non plus, je crois ? Lors de notre premier échange, c'était bien votre position ?

— Oui. Mais elle, elle n'en veut pas du tout. Jamais. Pas moi, pas jamais…

Silence.

— J'ai vu Nico. Enfin je l'ai revu exprès, pour lui dire.

— Ah ?

— Oui. C'était bien. Enfin, c'était important surtout. Je lui ai dit que j'étais enceinte de lui. Il a été surpris.

Silence.

— Que lui avez-vous dit ?

— Qu'effectivement, nous étions loin d'imaginer une telle conséquence lorsque nous avions fait l'amour. « Mais pourquoi, alors, tu n'as pas déjà avorté ? » m'a-t-il demandé. Je lui ai répondu que ce n'était pas si simple et que ce n'était pas un geste banal. Que c'était la raison pour laquelle je voulais lui parler. À ce moment-là, il a pris ma main. Cela m'a surprise mais je l'ai laissé faire.

Une larme coule sur le visage d'Aëlwen à cette évocation. Puis elle reprend :

— Il m'a dit qu'il comprenait. Et il a ajouté : « Nous ne sommes pas amoureux. Ni toi ni moi ne voulons d'enfant ensemble, mais c'est quand même nous deux qui avons fait l'amour ce soir-là. Donc j'assume avec toi ce choix. »

— Cela vous a surprise ?

— Oui, un peu. Mais il n'avait pas tout compris. Pas compris que je n'attendais pas son assentiment pour avorter. Je lui ai dit que j'avais entrepris un travail pour être sûre de ma décision. Allant jusqu'à envisager d'aller au bout de cette grossesse… Il s'est alors refermé. Lâchant ma main.

Silence.

— Et il est resté longtemps silencieux avant de me dire qu'il respecterait ma décision. Mais qu'il ne fallait pas compter sur lui pour élever un enfant, qu'il ne voulait pas devenir père.

— Et alors…

— Alors j'ai pensé à mon grand-père. À sa résistance à la paternité qui, toute sa vie, lui a fait garder les poings serrés.

— Quel rapport établissez-vous entre les deux ?

— Cette main que Nico lâche, ma main, n'est pas un poing qui se serre. Elle me renvoie à mon choix. À ma liberté. À assumer ce que je veux vraiment. Libre… Et c'est pour cela que je vais bien. Je suis maintenant bien consciente de ce que j'ai reçu des Giralda, ma famille. Malgré tout, chacun a fait ce qu'il a pu. Pas toujours ce qu'il a voulu. Vous comprenez ?

— J'entends, oui.

— Nico m'a laissé un message le lendemain de notre échange en me disant qu'il espérait que je ne garderais pas cet enfant, mais que, si tel était le cas, il le reconnaîtrait. « Je ne ferai pas plus », m'a-t-il dit. C'est important.

— En quoi c'est important ?

— Car il reconnaîtrait son rôle de géniteur. C'est pas très beau, comme mot, mais ça permet au moins de ne pas laisser une vie commencer par une case vide.

— Ce qui est important, c'est que cela vous convienne.

— On ne peut pas dire que c'est l'idéal, car même si je venais à vouloir cet enfant, ce ne sera pas le cas de son père.

Silence.

— J'ai aussi repensé au désir. Vous vous souvenez, nous en avions déjà parlé.

— Oui, bien sûr.

— C'est comme un flux, le désir, une énergie. Chez les Samis, ce n'est pas l'humain qui tient le crayon ; il n'est que le bout de la mine. Son désir seul, sa volonté seule ne suffit pas. Il a conscience en permanence de sa dépendance, de son appartenance à un mouvement plus grand. Pas chez nous.

— Que voulez-vous dire ?

— Que j'ai l'impression qu'ici, en Occident, l'homme moderne n'a comme objectif que de s'affranchir de toute limite, de toute contrainte extérieure à lui-même. C'est un leurre, non ?

Silence.

— Vous savez, cette idée d'homme augmenté par les nouveautés bioniques, technologiques ; cet homme immortel. Il m'effraie ! C'est le summum de l'orgueil. Au fil de nos échanges, j'ai perçu, je veux dire vraiment ressenti à l'intérieur de moi, que j'étais comme un arbre, avec autant d'invisible souterrain que de visible aérien. Et que les grands arbres ne sont pas que l'histoire d'une graine qui a germé. Ils sont grands de la terre qui les porte, de la lumière qui les éclaire, de l'eau qui les nourrit, de l'air qu'ils respirent. Ce sont toutes ces conditions qui font la beauté de l'arbre. Le désir ne vient pas de la graine, mais du souffle qui la traverse et la porte.

— Vous êtes donc parvenue à répondre à cette question qui vous anime depuis notre première rencontre.

— Je crois, oui.

Là où je me trouve, derrière elle, Aëlwen ne peut pas voir à quel point ses mots me touchent.

— En prenant le bateau, tout à l'heure, j'étais légère et joyeuse. Je crois que c'est la dernière fois que je viens vous voir. Ce n'est pas cela qui me rend joyeuse, bien sûr. Mais le fait d'avoir avancé, avec vous. D'être au clair.

J'ai envie de lui demander à quelle conclusion la mènent nos échanges et ses réflexions concernant sa grossesse. Mais je me retiens :

— Comme vous le souhaitez, Aëlwen. Ce qui est important, c'est votre volonté.

— Je crois que c'est bien comme ça. Même si je n'ai pas toute la réponse, j'ai à présent une question bien posée. Le choix sera vraiment le mien.

— Très bien. Vous avez mon numéro de téléphone. Si besoin, je serai là.

— Cela va sans doute vous surprendre, Claire... Mais je sens que ce qui est limpide en moi doit aussi l'être avec les éléments, avec le reste du vivant. J'ai encore trois semaines. C'est suffisant pour écouter le son d'un tambour. Je pars en Norvège lundi prochain. Là, je me relierai aux grands vivants de la nature et je sentirai quelle énergie me traverse, comment leur souffle rejoint le mien.

Je referme mon cahier vert et regarde Aëlwen.

Nos yeux s'attachent longuement et nous nous sourions. Il y a de l'émotion, bien sûr, mais surtout une grande confiance dans ce regard échangé.

— Je vous remercie du fond du cœur, Claire. Vous aviez raison, il n'a pas fallu qu'une séance.

Aëlwen me salue une dernière fois de la main en refermant le petit portail en bois qui clôt le jardin. Je reste le regard vague, puis reprends mes esprits. « *Good job !* » dirait Antoine. Oui, ç'a été du bon travail.

Dans les étagères de la bibliothèque, aux côtés de deux cents autres, je dépose le petit cahier vert. Le dernier.

C'est la première journée de l'année où il fait chaud. J'ai envie d'aller me baigner à Guerzido, la seule vraie plage de l'île. Je prends mon sac, y jette une serviette et enfourche mon vélo.

La terrasse de la Potinière, qui domine la plage, se vide des visiteurs qui s'apprêtent à reprendre le bac quand j'y parviens. L'île va revenir aux seuls résidents. La mer est haute et submerge les gués qui permettent habituellement d'accéder à Gwenanen et aux Quatre-Vents, ultimes maisons de Bréhat tournées vers le sud.

C'est toujours plus facile de se jeter à l'eau à marée haute. À marée basse, atteindre un niveau d'eau suffisant pour la baignade est un exercice réservé aux fakirs, à cause des galets qui réduisent la démarche à des déhanchements de pingouins aux bras ouverts pour tenter de peser moins lourd sur les pierres.

Béa me salue lorsque j'arrive. *Moules du jour*, indique l'ardoise de son restaurant. Des moules qu'elle va chercher le matin avec son Zodiac à Pors-Even, chez un producteur qui charge son bateau directement de la cale, sans même qu'elle ait besoin d'en descendre. J'aime beaucoup Béa, elle a repris « la Pote » il y a quelques années. C'était son rêve de vivre à Bréhat. Sa fille aînée a l'âge d'Antoine, son cadet deux ans de moins, et ils se retrouvent l'été au Bourg, dans le centre de l'île, pour les soirées karaoké du jeudi à L'Équipage.

— Ça va, ton garçon ? me lance-t-elle. Il vient souvent. Tu dois être contente.

Bréhat est un petit monde où tout se sait.

— Oui, très heureuse. Et toi, Caro et Léo ?

— Ils arrivent demain. Ils vont faire la saison ici. T'imagines bien que je suis ravie comme une mère poule !

C'est mon premier bain de l'année. L'eau, au printemps, est plus froide qu'en automne où elle a chauffé durant tout l'été.

— Elle doit être à quatorze, maxi quinze degrés, m'a prévenue Béa.

Il paraît que les vrais Bretons ne se baignent pas. Nombre d'entre eux ne savent même pas nager alors qu'ils sont parmi les meilleurs marins au monde.

— Si je suis sur un bateau, m'a dit un jour Yann, c'est bien parce que je n'ai pas envie d'être dans l'eau !

Moi, j'aime par-dessus tout plonger dans la mer. J'éprouve alors un sentiment de légèreté, d'oubli de tout ce que j'ai laissé à terre, enivrante sensation d'être presque rien dans un immense grand tout. La mer me nettoie, dehors comme dedans.

La zone de baignade de la plage est limitée par des bouées jaunes. Les rejoindre est mon objectif. Bien sûr, à marée haute, il est plus éloigné qu'à marée basse. L'anse de Guerzido est rassurante. Vers le sud-est, la tourelle des Pierres-Noires, vers le sud-ouest celle de Men Joliguet immortalisée par tant d'aquarellistes avec ses bandes horizontales jaunes et noires.

Je nage, seule. Elle est effectivement fraîche, idéale pour se refroidir la tête.

Le soleil me réchauffe d'autant plus rapidement en sortant de l'eau.

Je pense à Aëlwen, à Antoine, à Sidonie. Esprits libres, et pourtant… Maria, Erwan, Pierre, François l'étaient certainement moins. L'exercice de la liberté n'est-il pas encore plus vertigineux aujourd'hui ? Une liberté pour quoi faire ?

***

« *Back to Britany soon. Kisses. Tony.* »

Voilà une jolie nouvelle qui s'affiche sur mon téléphone. J'ai hâte de retrouver mon fils.

Je reprends mon vélo pour aller prendre du pain chez Sidonie. Elle est affairée dans sa cuisine, au-dessus d'une grande marmite.

— Choucroute de l'île. Ça vient de Kervilon, ils ont trop de choux.

Nous avons la chance d'avoir une belle ferme bio sur l'île, et même si les tomates y mûrissent bien tard, elle assure notre ravitaillement quotidien en verdure.

— Ça va, Clara ?

— Très bien. Je reviens de mon premier bain.

— Top. Aëlwen est passée me dire au revoir. Elle avait l'air en forme. Elle m'a expliqué qu'elle avait fini avec toi. Je lui ai répondu que ça ne l'empêchait pas de revenir nous voir et qu'elle pourrait même être apprentie boulangère. J'ai aussi eu un message d'Antoine. Il s'annonce pour demain.

— Tu en sais presque plus que moi… Je ne pensais pas qu'il arriverait si vite. Viens dîner avec nous, si tu veux ?

— Super. J'apporte la choucroute !

Je laisse Sido à sa marmite et rejoins ma maison.

Sous le petit porche qui protège l'entrée, il m'attend.

Le chat gris aux yeux bleus.

Le chibani

Un vieux monsieur est venu aujourd'hui chercher du pain au petit jour. Un chibani, comme on dit chez nous, au Maroc, avec respect.

Je ne l'avais jamais vu auparavant.

Il a tourné dans la boutique, observé les livres, puis m'a demandé, sans vraiment me regarder, comme s'il était un peu gêné :

— Je voudrais le pain que vous achetait ma femme.

Comme je ne pouvais deviner qui était sa femme, il a ajouté « Raphaëlle » avant de fermer ses yeux comme pour retenir ses larmes. Mais elles ont fini par s'évader.

Je connaissais Raphaëlle, cette vieille dame alerte et si bienveillante qui m'a accueillie la première fois qu'elle est entrée m'acheter du pain avec ces mots :

— Eh bien, mon enfant, qu'est-ce que vous pouvez bien être venue chercher par ici ?

Je lui avais répondu que je n'en savais rien. Que je voulais faire du pain en espérant que les gens l'apprécieraient.

J'aimais Raphaëlle et ses chemisiers aux cols fleuris qui dépassaient de ses pulls bleus. Elle portait une éternelle jupe grise en laine, des bas et des bottines noires, toujours bien cirées, comme si elle venait d'une autre époque.

Un jour, roulant des yeux, et s'assurant que personne ne l'entendrait, elle m'a dit :

— Si le curé prenait votre pain pour la communion, y aurait davantage de monde à la messe. Moi je suis sûre que c'est depuis qu'on nous donne une pastille ronde et sans saveur qui colle au palais que les églises se sont vidées !

Nous avons bien ri. Raphaëlle aimait rire.

Je savais qu'elle était partie. C'était trois jours plus tôt. Sans crier gare. Yann l'avait trouvée étendue dans son potager, comme endormie, la tête appuyée sur une salade.

— Moi, je voudrais mourir le nez dans mes agapanthes, avait-il dit.

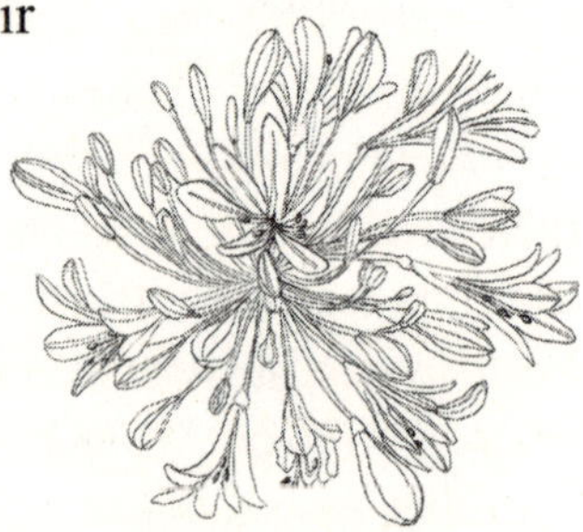

C'était toujours elle qui passait chercher le pain, raison pour laquelle je ne connaissais pas Jacques, le chibani à la casquette à carreaux qui désormais viendra acheter son pain pour le manger seul.

J'ai regardé le vieil homme et lui ai souri en pensant à ma grand-mère de Zagora. « Quand on n'a pas les mots, on peut juste sourire, ma petite », disait-elle.

Je n'avais pas les mots.

J'ai pris le pain aux trois grains qu'aimait Raphaëlle et l'ai tendu à son mari, son veuf, selon l'expression d'ici.

Je lui ai dit qu'aujourd'hui je lui offrais le pain, en souvenir de Raphaëlle.

À peine était-il sorti que je me suis mise à pleurer. Je savais que ces deux-là n'avaient pas d'enfants.

À chaque décès sur l'île, même si je ne vais pas à la messe, je suis la procession dans la grand-rue, jusqu'au cimetière. Je marche pendant que certains chantent. Je regarde le ciel, comme souvent les femmes. Les hommes, eux, regardent plutôt leurs pieds. Peut-être que les unes croient vraiment que les disparus sont là-haut, quand les autres pensent qu'ils sont sous terre, avec la seule compagnie des vers.

En repensant à Jacques, je me demande qui pourrait l'aide à faire couler ses larmes. Au Maroc, les pleureuses viennent immédiatement voir les endeuillés. Des femmes que l'on n'a parfois jamais croisées, et qui vont chercher la douleur en nous. Et on pleure, on crie la peine qui nous submerge, on reconnaît ainsi le grand vide de l'absence.

Ici, rien, la mort ne se voit pas, on n'en parle pas ; comme si elle n'existait pas, alors que cent pour cent des vivants sont sûrs d'y passer.

Faudra que j'en discute avec Clara. J'ai lu qu'en Suisse, un ethnologue avait créé des « cafés mortels ». Un peu comme les « cafés philo » sauf que dans ceux-là, le thème, c'est la mort… Parler de la mort au café, comme on parlerait du foot ou de la météo, pour briser le tabou et en faire un sujet normal. Pouvoir partager nos histoires, nos morts, nos peurs. Sans dire de passer toute sa vie à penser à la fin, peut-être que s'y préparer un peu serait une bonne idée.

En attendant, je vais veiller sur Jacques. Peut-être qu'un jour, lui aussi m'appellera « mon enfant ».

16.
Le chat

Sur une île, on connaît tout le monde, même les chats. Je suis certaine de ne jamais avoir vu celui-là.

Il m'a regardée, puis a regardé la porte. Comme pour dire « Tu attends quoi pour m'ouvrir ? ».

Alors j'ai ouvert.

Semblant connaître la maison, il traverse le salon et file vers mon bureau.

Je dépose mon pain dans la cuisine. Le vent s'est levé. Les agapanthes dansent la valse devant la fenêtre, respectant la régularité des trois temps, inclinées vers la droite, inclinées vers la gauche, puis se redressant avant d'être à nouveau rabattues vers la droite.

Je mets de l'eau à bouillir pour réchauffer mes os encore transis de froid après ma baignade. Une demi-boule à thé de Glaz dans une grande tasse remplie d'eau, j'enfile mes chaussons norvégiens. Je suis le sillage du chat et le trouve endormi, lové sur la méridienne, là où, hier, Aëlwen posait ses pieds…

Plus qu'étonnée, un sourire aux lèvres, je m'assois à ma place.

— Alors… T'as quelque chose à me dire ? prononcé-je à voix haute.

Ce qui tire au chat gris à peine un frémissement d'oreille. Grigri, me dis-je. Que fais-tu donc là ? Comme si déjà tu connaissais ces lieux. Et que tu étais chez toi.

Patrick ne voulait pas de chat. « Premiers prédateurs des oiseaux en France, avant les chasseurs ! » Avec de tels arguments, la discussion n'était pas allée très loin quand j'avais émis l'idée d'en adopter un pour tenir compagnie à Antoine.

Je porte ma tasse de thé à la bouche. La mer moutonne. Autre valse à trois temps perpétuelle : la vague qui se dresse, l'écume sur sa crête, et le creux qui se forme. Comme les feuilles de l'arbre, chaque vague est unique, écho devant mes yeux d'un mouvement qui fait le tour du monde, et n'a ni début ni fin.

Je m'assois à mon bureau, où sont déposées les lettres de Léontine que je lis à nouveau. Au calme. Voir ce chat dormir sur la méridienne est doux et reposant. De temps en temps il bouge une patte, une oreille, s'étire, me laissant penser qu'il va ouvrir un œil, puis se rendort, parfois faisant un tour sur lui-même pour se remettre exactement à la même place, en boule. Boule de poils gris.

J'achève ma lecture, ouvre mon ordinateur et indique dans le moteur de recherche Orphelinat de Tréguier. Un orphelinat tenu par des dominicaines semble bien avoir existé. Quelques photos anciennes de la cour d'une bâtisse austère montrent des enfants en uniforme encadrés par des religieuses. Le bâtiment est devenu une école privée, toujours sous la responsabilité des religieuses. Je note le numéro de téléphone et l'adresse. Antoine arrive dimanche, nous irons lundi.

Le jour commence à décliner.

Relevant la tête, je le vois, le chat gris, ses yeux grands ouverts, qui me fixe. Depuis combien de temps est-il ainsi à me regarder ?

Je soutiens son regard bleu. Son magnifique regard perçant et profond. Indulgent, pensé-je.

Je lui souris et lui, par intermittence, remue ses moustaches. Est-ce ainsi que les chats rendent les sourires ?

C'est lui qui fait le premier pas. Trois petits bonds, de la méridienne au bureau, puis un saut, et il se retrouve à l'angle de celui-ci, puis dépose ses pattes avant sur les lettres de Léontine.

Je ne sais qui apprivoise qui. Je suis dans mon bureau, mon bureau de psychanalyste, et je souris en constatant que j'agis comme telle.

— C'est toi qui as voulu venir, joli chat gris. Alors pourquoi es-tu là ?

J'ai reçu des femmes en psychanalyse, à un moment j'ai même eu le sentiment qu'un ours était sur ma méridienne, mais un chat, jamais.

— Viens-tu car tu as mangé trop d'oiseaux et que tu voudrais devenir végétarien ? Si oui, je pense qu'on peut tenter de faire un petit travail ensemble.

Il m'écoute. Indéniablement, ce chat m'écoute. Dire qu'il me comprend est une autre affaire. Car il ne répond pas clairement à ma question.

À moins que ce ne soit ça, la réponse d'un chat : s'allonger sur le bureau, s'étirer et faire tomber en même temps les lettres et mon pot à crayons, causant un bruit qui le fait sursauter lui-même.

Il semble s'excuser mais, une fois le bureau bien dégagé, il décide de prendre ses aises, allongé sur le côté, levant les yeux vers moi.

— Un câlin ? Tu veux un câlin ? Mais tu sais que c'est interdit, ça, pour une psychanalyste. Ça s'appelle un transfert, petit matou. Tous les patients tombent un jour un peu amoureux de leur psy. Ils croient que c'est la meilleure personne au monde car jamais on ne les a écoutés aussi bien auparavant. Et on aime beaucoup ceux qui nous écoutent. Mais on ne fait pas de câlins aux patients car c'est une faute professionnelle ! Tu vas me dire, moi, j'ai plus de patients. La dernière est partie hier. Elle avait un peu tes yeux, d'ailleurs…

Alors je tends la main et la pose dans ses poils doux.

Il semble acquiescer, ferme les paupières et se met à ronronner dans une fréquence profonde, organique, semblable au bourdon de moines cisterciens dans une vieille abbaye.

Nous demeurons longtemps ainsi. Jusqu'à la tombée complète de la nuit. J'aurais pu rester encore des heures à le caresser. Je ne sais qui fait le plus de bien à l'autre.

Mais je commence à avoir un peu faim.

Je me lève, ramasse les lettres et mes crayons, et me rends à la cuisine où, devant la porte du frigidaire, le chat attend.

J'éclate de rire.

— T'es bien drôle, petit matou.

J'ouvre le frigo et lui sers du lait. C'est toujours ainsi dans les films, les chats boivent du lait. Mais le lait n'est bon qu'aux premiers âges. Mon matou gris l'apprécie quand même, tout comme les croûtes de fromage qui restent de mon grignotage. De carottes râpées, en revanche, il ne veut pas, non plus que d'œuf au plat.

Puis je sors dans le jardin faire un tour de nuit. Le vent est tombé et la terre renvoie la chaleur du jour passé. En réalité, nous sommes deux à sortir.

— Tu me promets, pas les oiseaux, hein ? Sinon il y en a un qui ne sera pas content.

Et c'est ainsi que se passe ma première expérience de chat.

En montant me coucher, je laisse une fenêtre ouverte afin qu'il puisse sortir à sa guise.

Il reste un moment roulé en boule sur le lit, pendant que je lis *La Patience des traces*, une jambe repliée sous moi.

J'aime ce livre, je m'identifie complètement à ce psychanalyste qui part pour le Japon lorsqu'il ferme son cabinet. Là-bas, il découvre une tradition, un art de réparation de bols cassés. Céramiques symboles de nos fêlures, nos déchirures, nos failles. En soulignant d'or chaque trace laissée après avoir rassemblé les morceaux brisés, l'artiste les reconnaît et célèbre l'épreuve traversée. Le roman est une leçon donnée au psychanalyste retraité qui, après avoir soigné les fêlures des autres, pose le doigt sur les siennes.

Le chat gris aux yeux bleus est toujours à mes pieds quand j'éteins la lumière. Et, à l'heure où le sommeil me prend, j'ai juste le temps de penser : J'espère que tu seras encore là demain.

***

Ombre, lumière, ombre, lumière…

Parfois les nuages semblent sautiller. Ils laissent alors passer, de façon saccadée, de courts instants, un éclat de soleil. C'est ainsi que l'aube s'est annoncée, jouant de la lumière avec les plis des rideaux bleus.

Fin de nuit. Nuit dense et profonde. Nuit pupille, nuit de verre, de billes glaz, de bleus.

De ma nuit, je garde le sentiment d'avoir été regardée. Par Aëlwen, par le regard de Maria éclatant sous le charbon de Pierre dans sa prison, par celui d'Erwan qui a touché profondément Léontine sur le seuil du château de famille. Par un chat gris. Confusion des regards, comme si tous n'étaient qu'un, les yeux dans les yeux, les yeux dans mes yeux…

17.
Ceux qui s'aiment

Aujourd'hui, le ciel répond à la mer. Jusqu'au plus loin de l'horizon, des vagues de nuages comme autant de reliefs se succèdent les unes aux autres et avancent sans discontinuer. En écho, la houle, régulière, offre à la mer de prendre part à ce paysage où tout est en mouvement. Le soleil semble vouloir jouer sa partition et, de temps en temps, se faufile entre deux nuages, soulignant de traits de lumière l'écume des vagues. Certainement, des peintres flamands trouveraient ici la plus belle des inspirations.

J'aime ces jours où le temps semble indécis, capricieux, imprévisible. J'ai remarqué alors qu'à ce jeu, les Bretons répondent en s'adaptant et avec beaucoup d'autodérision.

On s'habille et se déshabille ainsi plusieurs fois par jour. Ce qui donne lieu à des défilés de mode hétéroclites auxquels je participe souvent, mes pieds dans des bottes, les jambes nues sous un short délavé, et le haut du corps emballé comme un oignon, avec un débardeur que recouvrent un sweat à manches longues, une vareuse aux couleurs aussi passée que mon short, un pull – toujours –, voire un ciré, au cas où. Ensuite, je m'en remets au ciel… Force est de constater qu'en Bretagne, même le mécréant n'a pas trop le choix, il doit souvent regarder vers là-haut.

Mes esprits recouvrés, ma première préoccupation est d'aller voir si le petit matou est toujours là.

Il n'y en a nulle trace dans la maison. Se peut-il qu'il ait disparu comme il est apparu, dernier signe dans le sillage d'Aëlwen ? À moi de croire désormais, ou de ne pas croire…

Pieds nus dans le jardin, un pull sur ma chemise de nuit de grand-mère dénichée lors du vide-greniers d'une maison bréhatine, je garde l'espoir de le trouver dehors. Les agapanthes, qui se réveillent à peine, n'ont rien remarqué. Je suis le regard des grands pins en direction de la mer.

Et je le trouve là, assis sur mon rocher sculpté, regardant vers le large. Au bruit de mon pas brisant les minuscules coquillages ensablés, il se retourne, me fixe, puis reprend son observation maritime, tel un guetteur des marées de ma capitainerie. Il semble scruter la mer. Qu'attend-il ainsi ? Les aubes mettent-elles en suspens le temps des chats ? Marquent-elles la transition entre leurs nuits actives et des jours rythmés par l'alternance de longues siestes avec de grands repos ? Décidément, ce chat provoque chez moi des émotions nouvelles, à l'image de cette joie tendre que découvrent les pins.

***

Ils sont arrivés à deux. Sidonie et Antoine.

— Choucroute de la mer ! Y a plus qu'à réchauffer avant de passer à table !

J'embrasse tendrement mon grand gaillard de fils, heureuse de le retrouver. Il va déposer son baluchon dans sa chambre, ce qui laisse à Sido le temps de me murmurer :

— Je lui ai rien dit mais je me suis mise jolie.

— Très belle, ta robette ! Je peux t'assurer que lui aussi s'est apprêté. Ça fait longtemps que je ne l'ai pas vu rasé d'aussi près. Et il s'est même acheté des nouvelles espadrilles. C'est un signe !

— Tu crois ? s'étonne-t-elle.

— Un signe qui ne trompe pas.

Devant le sérieux de son regard, je me sens forcée d'ajouter :

— Détends-toi, ma Sido. Mais c'est vrai qu'il est très beau aujourd'hui, mon fils !

Antoine redescendu, nous nous installons dans le salon. Le feu éclaire nos visages. À peine Antoine s'est-il assis dans le canapé, le chat saute sur ses genoux.

— Qu'est-ce que c'est que ça ?

— Ben, un chat…

— Je vois bien, maman, mais… c'est le chat de l'autre soir ! Incroyable ! Il est là depuis quand ?

— Depuis hier. Hier soir…

— Et… tu le laisses entrer ?

— Je crois que je le laisse faire un peu ce qu'il veut. Dedans ou dehors…

— Le chat d'Aëlwen, ajoute Antoine.

— Tu m'as bien dit qu'il était chez Sido avant votre arrivée ?

— Oui…

Nos trois regards sont tournés vers le félin, assis tel un sphinx sur Antoine qui commence à lui caresser le dos.

— Trop étrange, cette histoire. Papa serait là, ce chat…

— Oui. Mais comme il n'est pas là, ce chat est le bienvenu.

— On n'a qu'à l'appeler « Manik » ! propose joyeusement Sidonie.

— Pourquoi « Manik » ?

— Ça sonne breton, ça me plaît bien. Le chat Manik.

— Ça me plaît aussi. En souvenir d'Aëlwen !

Nous rions de bon cœur et le chat semble apprécier son nom de baptême, les pattes en l'air, sur le dos, profitant des caresses sur son ventre.

Durant le dîner, Antoine nous raconte sa dernière navigation au large de la côte atlantique européenne, puis après Gibraltar, jusqu'à Formentera. Sido m'amuse. Elle l'écoute les coudes sur la table, la tête posée dans le creux de ses mains, en oubliant de manger… L'état amoureux nous donne parfois des airs un peu béats.

Antoine a navigué en continu, de nuit comme de jour, utilisant le pilote automatique pendant de courts repos la nuit.

— Tout au long du parcours j'étais régulièrement escorté par des dauphins, et au large du Portugal j'ai vu plusieurs baleines ! Il y en a même une qui est passée à deux reprises sous le bateau.

— T'avais pas peur ? lui demande Sido.

— Peur de quoi ? De retrouver Pinocchio et Geppetto dans son ventre ? J'aurais fait un feu pour qu'elle éternue !

Sido rit et ajoute :

— J'aimerais tellement me faire avaler par une baleine pour rencontrer le vrai Pinocchio…

— Viens avec moi la prochaine fois, on essaiera !

Ces deux-là semblent habités par une insouciance partagée. Un couple est toujours une tentative d'accord risquée. Il ne suffit pas de cocher toutes les cases des goûts et des centres d'intérêt communs pour que cela marche. Ce serait bien trop simple. Le plus important est souterrain, indicible sur un questionnaire de site de rencontres, silencieux. C'est une façon d'être à la vie, une consonance, un harmonique, tel le thème d'une musique de film, revenant tout au long de l'histoire.

— Et toi, maman ? Quoi de neuf ? Sido m'a dit qu'Aëlwen avait terminé.

— Oui. J'espère que tout ira bien pour elle. Mais j'ai quelque chose à vous raconter. Allons près de la cheminée.

Je pars dans mon bureau chercher les lettres de Léontine et reviens au salon.

Antoine utilise rarement le canapé, il préfère le tapis. Sidonie s'assied à côté de lui. Entre eux deux, une boule de poils gris, assurée de bénéficier d'une double dose de câlins.

— Laisse-moi deviner : tu as reçu les lettres des archives ?

— Oui.

Antoine commence par expliquer le contexte à Sidonie, dont la curiosité s'éveille aussitôt.

Je leur lis ensuite l'intégralité de la dernière lettre, tandis qu'Antoine prend l'enveloppe ancienne entre ses mains.

À l'issue de la lecture, les yeux de Sidonie sont pleins de larmes.

— Et donc, Pierre n'a jamais su ?

— Non. De même que sa mère a vécu sans savoir lequel de ses fils était le père d'Erwan.

Nous passons un moment en silence et le chat en profite pour venir se blottir contre moi, peut-être parce que les mains des deux autres se sont rejointes et ne s'occupent plus de lui.

— Et nous ? C'est à nous de faire quelque chose, dit Antoine.

— Oui. Ce n'est sans doute pas un hasard si c'est tombé sur vous.

— Pourquoi tu dis ça, Sido ?

— Parce que, qui mieux que toi, Clara, pour découvrir cette histoire ? Pour l'écouter, pour un peu la guérir, même à distance ? C'est votre histoire, en fait. Vous avez un rôle magnifique à jouer !

— Tu as raison. J'ai trouvé le numéro de téléphone de l'ancien orphelinat. C'est une école maintenant. Je voudrais les appeler demain et y aller avec toi, Antoine, si tu es d'accord.

— Bien sûr. C'est passionnant. Mais qu'est devenu tonton Erwan ? répond Antoine, apportant un peu de légèreté à l'ambiance.

Quand je décide d'aller me coucher, Manik me précède. Nous laissons les deux amoureux assis sur le tapis. Ils lisent les lettres, l'une après l'autre. Et les mots et le feu allument des étincelles dans leurs yeux. Lorsque j'arrive dans ma chambre, je suis cueillie par une découverte inattendue.

— Mais dis-moi, tu ne manques pas d'air, toi ! Tu sais qu'il y a fort longtemps que personne n'a plus posé sa tête sur cet oreiller ?

Sur le lit, installé du côté droit, un chat gris me regarde. Semblant sourd à mon interpellation, il finit par fermer les yeux et déposer sa tête sur ses deux pattes avant.

Il y a quelque chose de profondément doux dans cette nuit qui s'installe.

C'est aussi simple que ça

Maman m'a envoyé une lettre.

Elle évoque ce fossé qu'elle sent parfois s'installer entre la France et le Maroc, son deuxième pays. Elle s'étonne de la méconnaissance des Occidentaux à l'égard des autres cultures, de leur arrogance. Elle ne comprend pas pourquoi la France ne fait pas plus attention à ces peuples qui partagent pourtant une langue avec elle. « Avoir la même langue, c'est presque comme avoir une source commune. Ne dit-on pas "une langue maternelle" ? »

Ses lettres sont toujours des cadeaux, des bouquets de mots, des îles aux trésors… Elle est de celles qui écrivent encore sur du papier et les envoient par la poste. C'est si beau, une lettre de ma mère. Dans chacune, elle s'étonne du monde, questionne, elle s'indigne aussi de toutes les injustices. Fille de Robin des Bois et de Mère Teresa, elle a la naïveté des innocents. Elle écrit si bien – même les couleurs, elle en fait des phrases !

Ses mots sont tendres comme son regard, doux comme la farine tamisée, sucrés comme le pain aux oranges confites.

Je l'appelle régulièrement, cela dure parfois plusieurs heures et nous reparlons de ses lettres, de ses doutes, de ses émotions.

Quand je dessine, je pense à elle. Quand nous partions en voyage, elle ne quittait jamais son petit carnet à spirale où, en quelques coups de crayon, elle racontait une scène, sous laquelle elle inscrivait le lieu et la date. C'est dans les Aït Bouguemez, que l'on surnomme la « vallée des gens heureux », qu'elle m'a offert mon premier carnet. C'était sa vallée préférée. Elle s'asseyait sur un muret en terre, sur un rocher ou à même le sol et je m'installais à côté d'elle. Elle m'a appris à voir. À voir le détail. Pas juste le champ de blé mais aussi la femme qui ramasse la luzerne en son bord. Pas seulement la montagne mais aussi l'enfant qui fait avancer l'âne sur un sentier escarpé. À voir la vie, et la dessiner.

J'aime notre complicité. Je crois que c'est la seule personne avec qui je peux être transparente. La distance a même amplifié cette sincérité. Qu'elle me comprenne toujours !

Pour son anniversaire, j'ai envie de lui envoyer mon carnet, avec mes petits mots et mes jolis dessins.

Ainsi tu sauras, maman, que mon cœur brûle comme le pain au sortir du four. Il brûle du feu d'une belle rencontre.

C'est un marin, maman. Peut-être, un jour, sur son bateau, je traverserai avec lui la Méditerranée pour accoster à Rabat, Tanger ou Essaouira et venir te le présenter.

Il a grandi sur cette île et voyagé autant qu'on le peut, toujours par la mer. Il te plaira, maman. C'est un cœur bon, comme dirait papa.

Il y a quelques jours, il a participé au « Par cœur » que j'organisais à la librangerie. Quand ç'a été son tour, il s'est levé, m'a regardée droit dans les yeux et a récité son texte. Un extrait de *L'Homme-joie*, ce livre de Bobin que tu aimes tant et que tu m'as offert. Et il a dit ces mots :

J'imagine quelqu'un qui entre au paradis
sans savoir que c'est le paradis.
Il a des inquiétudes, des projets. Il est très occupé.
Un bruit de fer, un cliquetis d'épées l'accompagne.
C'est si banal, la guerre.
Et puis, tout d'un coup, il y a une lumière de neige sur
un étang, et un oiseau aux ailes d'or fracasse
les murailles du monde.
C'est quelque chose d'inespéré.
Quelques secondes suffisent, n'est-ce pas,
pour vivre éternellement.
« Nous sentons et nous éprouvons que nous sommes
éternels. » Cette pensée de Spinoza a la douceur
d'un enfant endormi à l'arrière d'une voiture.
Nous avons, vous et moi, un Roi-Soleil assis sur son
trône rouge dans la grande salle de notre cœur.
Et parfois, quelques secondes, ce roi, cet homme-joie,
descend de son trône et fait quelques pas dans la rue.
C'est aussi simple que ça.

Puis il a pleuré en me souriant. Alors, je l'ai pris dans mes bras. C'est mon homme-joie. C'est aussi simple que ça.

18.

Les orphelins

L'ancien orphelinat de Tréguier surplombe le Jaudy, la petite rivière qui coule également au pied de Kerantec. Une bâtisse impressionnante, sans fantaisie aucune.

Nous avons pris soin d'obtenir un rendez-vous avec sœur Marie-Fulgence, qui assure la responsabilité administrative de l'établissement scolaire.

Elle nous reçoit dans une petite pièce dédiée à l'accueil des visiteurs ; des murs blancs, sur l'un d'eux un crucifix, quatre fauteuils en bois clair et une table basse. La religieuse porte l'habit traditionnel des dominicaines, une tunique blanc cassé resserrée à la taille par une ceinture en cuir, et un voile noir recouvrant les cheveux et tombant sur les épaules.

Elle a un de ces visages auxquels il est difficile de donner un âge, son regard est doux et direct. Elle nous propose un sirop de menthe maison et nous tend des petits gâteaux secs réalisés sur place.

— Il paraît que ce sont les meilleurs palets bretons, nous dit-elle.

Et Antoine œuvre scrupuleusement à valider cette assertion car, à la fin de notre échange, il n'en reste plus un seul.

J'entreprends de raconter les raisons de notre visite. D'après les éléments recueillis à Kerantec, Maria a quitté le château en novembre 1856. Son fils est donc né en 1857 et a dû rejoindre l'orphelinat en 1860 ou 1861. Nous ne disposons pour entreprendre notre recherche que d'un prénom et deux dates.

La religieuse nous sourit.

— Vous connaissez l'expression relative à l'aiguille que l'on cherche dans une botte de foin… Votre seule chance, c'est que, chez les religieuses, on ne jette rien. « On ne sait jamais » est une phrase qui revient régulièrement quand on envisage de se débarrasser de quelque chose. Cette bâtisse est depuis longtemps devenue une école, mais les archives de l'orphelinat sont au grenier. Je vais vous y conduire, mais je n'ai aucune idée de la manière dont elles sont organisées. Je vous laisserai vous débrouiller. Tenez-moi au courant quand vous quittez la maison pour que je sache si vous avez déniché des traces d'Erwan. Quoi qu'il en soit, nous porterons sa mémoire dans notre prière lors de l'office du soir.

C'est ainsi que nous nous lançons dans l'exploration d'un immense grenier sans ouverture, mal éclairé, sous une haute et magnifique charpente. De vieilles étagères en bois supportent des documents divers : des livres, des bacs remplis de factures dont l'en-tête mentionne une année, et une centaine de casiers en bois pleins de dossiers classés par ordre alphabétique. Nous comprenons qu'il s'agit des éléments relatifs aux enfants accueillis ici. Chacun contenant des documents sanitaires, des bulletins scolaires, des bribes d'état civil et parfois même des photos. Un classement bien ordonné mais établi en référence au nom de famille des pensionnaires, or nous n'avons qu'un prénom…

— On n'a pas le choix, maman. Il faut chercher tous les Erwan et voir ceux qui collent avec l'année.

— Tu te rends compte ? Il y a des milliers de dossiers !

— Oui. La botte de foin…

Assis au sol, sous une ampoule pendant du plafond, ouvrant dossier après dossier, nous commençons ce travail de fouille parmi des papiers jaunis portant quelques lignes rédigées à la main, mémoire de toutes ces petites filles et ces petits garçons qui ont atterri là. Sous nos yeux s'étalent des archives d'enfants sans famille, des vies marquées d'un drame.

Chaque chemise cartonnée commence par une fiche : un prénom, un sexe, une date de naissance, un âge, le nom des parents, une date d'accueil dans l'établissement, une date de sortie – parfois celle du décès de l'enfant, quand il a eu lieu durant la période de résidence à l'orphelinat. Et un emplacement prévu pour d'éventuels commentaires. Là est la lecture la plus bouleversante.

Abandonné sous le porche de l'église. Sans identité. Doit avoir deux ans. Dit s'appeler « Pierrot ».

Déposé avec sa petite sœur de trois ans, sait qu'il s'appelle « Quirec » et que sa mère se prénomme « Dominique ».

Nous sommes incapables de feuilleter cela de façon automatique, à la seule recherche d'éventuels Erwan. Régulièrement, nous nous parlons.

La plupart des fiches ont été peu renseignées. Nous découvrons de nombreux enfants arrivés sans aucun élément d'état civil et auxquels il a fallu donner un âge approximatif et une identité. Les enfants « tombés du ciel » étaient baptisés du prénom du saint du jour de leur arrivée, accompagné du patronyme « Sainte-Anne », nom de l'orphelinat.

Nous restons jusqu'à 19 heures. Ayant ouvert les deux tiers des dossiers, nous avons trouvé trois Erwan possiblement nés la même année que celui que nous cherchons. L'un est mort durant son séjour, l'autre a quitté l'orphelinat à une date qui ne correspond pas ; sur sa fiche, le commentaire « A rejoint sa tante venue le chercher ». Nous ne conservons donc que le troisième : Erwan Sainte-Anne.

Nous passons saluer sœur Marie-Fulgence, avec qui nous convenons de revenir le lendemain matin pour poursuivre notre exploration.

En rentrant, durant tout le trajet, nous restons silencieux. Habités par l'émotion du feuilletage de ces extraits de vie, la tête pleine de prénoms, de noms, de petits visages dont nous avons eu parfois la photo au bout des doigts. Surprenantes prises de vues réalisées souvent au même endroit, sous un arbre, avec le vallon du Jaudy en arrière-plan. J'imagine une religieuse ayant découvert les balbutiements de cette technique révolutionnaire, et ayant entrepris de réaliser ces portraits, des photos sépia aux bords crénelés de visages parfois graves, bien trop graves pour des petits. Figuraient aussi quelques sourires éclatants, comme si la lumière avait gagné sur l'ombre.

Mais je me souviens des mots de Léontine. Nous savons que la joie de vivre n'avait pas repris le dessus chez Erwan quand elle l'a rencontré.

Ma nuit est agitée de rêves. Dans l'un d'eux, les visages de certains orphelins reviennent. C'est moi qui les prends en photo. Ils sourient en noir et blanc. Parmi eux, un petit bonhomme en culottes courtes me tend les bras tels les enfants qui veulent être portés. Il a un regard triste qui dit « Ne me laisse pas » et les traits d'Antoine à cinq ou six ans.

J'ai beaucoup accompagné de femmes dont il fallait soigner l'enfant intérieur, cette part de nous qui persiste en chacun jusqu'à la fin, et dont parfois les réveils, en pleurs, les cris, brutalement, empêchent de vivre. L'angoisse d'abandon est l'une de celles qui habitent bien des adultes. Non pas qu'ils aient été abandonnés comme les enfants de Sainte-Anne, mais ils ont pu manquer, enfants, des mots nécessaires pour expliquer un départ ; manquer d'un père ou d'une mère, lors d'un divorce, craignant même parfois d'être la cause de cette séparation.

— Je n'étais pas une petite fille assez sage, m'a dit un jour une femme qui, toute sa vie, s'était évertuée à devancer tous les désirs de son mari de peur qu'il ne la quitte.

Je repense à ces petits orphelins, à leurs sourires, et à la religieuse photographe. J'aime cette femme qui cherchait la lumière chez des enfants nés dans l'obscurité.

Aux aurores, après une nuit courte, je retrouve mon fils devant son bol de café. Lui aussi a peu dormi, impatient de poursuivre la recherche d'Erwan. Nous prenons le premier bac et regagnons le grenier de l'école dès l'ouverture.

En milieu de matinée, sœur Marie-Fulgence nous rejoint, nous apportant deux tasses de café et les fameux palets bretons. Nous trouvons dans les dossiers un nouvel

Erwan, compatible avec nos faibles indices : Erwan Le Guénic. Déjà une deuxième petite piste.

J'évoque avec la religieuse ces photos très émouvantes qui passent entre nos mains, lui faisant découvrir une œuvre méconnue qui la touche également.

— Je vais chercher qui était cette sœur photographe. Peut-être pourrions-nous faire une exposition de tous ces visages. En mémoire.

Il ne reste plus qu'une centaine de chemises cartonnées quand mon fils s'exclame :

— J'en ai un de plus ! Les dates collent. Sa fiche mentionne : Mère décédée. Et il y a une photo. Un petit garçon tout mignon avec un sacré regard. Père inconnu, mais on a un nom de famille : Giralda.

Je suis traversée par une décharge électrique en entendant ce nom. Je me lève brutalement pour examiner le dossier derrière son épaule.

— Qu'est-ce qu'il y a, maman ? T'es livide…

— Montre-moi la photo. Quel nom, tu dis ?

— Giralda… Erwan Giralda.

Je me sens partir en arrière, le visage d'un enfant aux yeux clairs me regardant, me regardant, me regardant…

C'est Antoine qui m'a retenue et a accompagné ma chute jusqu'au sol.

Quelques secondes de voyage inconscient.

Je rouvre les yeux sous le regard des siens, inquiets.

— Ça va, ne t'inquiète pas.

— Mais qu'est-ce qui se passe ?

— C'est lui.

— Comment tu le sais ?

— Parce que c'est elle.

— Quoi ?

— C'est incroyable. Mais ça explique tout.

— Mais dis-moi ! Je ne comprends rien.

— Aëlwen. Son nom de famille… C'est « Giralda ».

— OK, c'est dingue… Mais ça ne veut pas dire que ce sont les mêmes Giralda, maman.

— Tu as vu les yeux de l'enfant. Tu te souviens de ceux d'Aëlwen ?

— Bien sûr, mais…

— J'en suis certaine. Ça explique tellement de choses… Viens, on rentre. On a fini. Je vais te raconter.

19.
L'enfant

Je n'en reviens pas.

Durant tout le trajet retour, je ne parviens pas à dire un mot. Je cherche à comprendre l'inimaginable, et à l'accepter. Je n'arrive pas même à penser tant je suis sidérée par la découverte de l'identité d'Erwan.

Je ne quitte pas des yeux la fiche et le portrait jauni par le temps que j'ai pris en photo à l'orphelinat avec mon portable. Je l'observe comme s'il pouvait m'en dire davantage. Je le regarde, et ce sont les yeux d'Aëlwen qui s'ouvrent devant les miens. Cet ultime regard que nous avons eu l'une envers l'autre à l'issue de la dernière séance.

J'ai la tête en feu. Intérieurement, je suis absolument certaine du lien entre l'orphelin et la jeune femme, mais je reste sidérée, et bien déstabilisée.

Antoine conduit, respectant mon silence. De temps en temps, il me sourit, pose doucement sa main sur mon épaule comme pour me dire « Ça va aller… ».

Le passage du bac fait son effet.

En mer, les îles de l'archipel à l'horizon sont autant de repères. Men Joliguet baigné de soleil, je m'apaise un peu. Antoine me prend dans ses bras. L'un contre l'autre, appuyés au bastingage, la brise de mer mêlant nos cheveux, nous retrouvons notre île, refuge protecteur pour des âmes secouées. La mer est haute et nous permet d'accoster au plus près du village. À marée basse, les vedettes déposent leurs passagers sur le second quai, distant d'une dizaine de minutes. Ce sont deux arrivées bien différentes, les marées transformant la silhouette de l'île.

En haut du quai, les carrioles, les vélos et les Bréhatins attendent ceux qui débarquent. C'est là, assis parmi eux, les yeux tournés vers nous, que nous voyons Manik. Étonnant petit chat. Fondu enchaîné de regards bleus…

Depuis quand attend-il ? Nous retrouvant, il passe entre mes jambes, puis chemine le long de celles d'Antoine avant de revenir vers les miennes, comme s'il entrelaçait un fil de lui à moi. Je souris à Antoine et prends Manik dans mes bras.

— Merci d'être venu nous chercher.

« Y a pas d'quoi », a-t-il l'air de dire en frottant son museau contre mon menton.

Arrivés à la maison, je propose à Antoine d'aller nous baigner. La quinzaine de degrés de l'océan me fait du bien, achève de me rafraîchir les idées, et met fin à ce que l'on nomme une « période de latence, d'acceptation » – processus psychique classique après un événement sidérant. Nous nageons jusqu'à la goélette de Yann, qui est au mouillage face à la maison.

Au retour, au soleil chaud du printemps, alors que nous sommes installés dans les chiliennes sous les grands pins, les mains serrées autour d'une tasse de thé, je raconte enfin à Antoine l'invraisemblable…

— Tu te souviens, quand tu es venu et que tu as croisé Aëlwen ? Je t'avais dit qu'elle avait un peu forcé ma porte pour que j'accepte de l'accompagner.

— Oui, très bien. Tu ne voulais plus de patientes et tu m'as même dit qu'elle n'était pas non plus en situation de détresse. Ça t'agaçait presque d'être revenue sur ta résolution d'arrêter.

— Exactement. Depuis le début, elle a toujours répété qu'elle savait que j'étais celle qu'elle devait consulter. Et moi-même, en finissant par l'accueillir, je n'avais pas compris quelle part de moi-même avait donné son accord. Comme si l'une et l'autre étions guidées par un mouvement invisible…

— Qu'est-ce que tu veux dire ? Tu ne vas pas me parler de Dieu !

— Non, enfin… C'est plus compliqué que cela. Le fait est que je n'ai pas de mot, pas encore en tout cas, mais il s'est joué quelque chose qui n'est pas rationnel. Plutôt inconscient, comme si une énergie, un flux, une ligne nous reliait sans que j'en sois consciente tandis qu'elle avait une longueur d'avance. À plusieurs reprises, notamment par nos rêves, entremêlés parfois, nous nous retrouvions. Elle a rêvé de la statuette dogon rapportée par ton père, sans jamais l'avoir vue. Une nuit, j'ai rêvé d'elle dans la bibliothèque de Kerantec, avec toi, comprenant des livres aux messages restant mystérieux pour moi. Or la bibliothèque, identique à celle du château, je ne l'avais jamais vue avant de m'y rendre avec toi !

— Mais tu crois qu'elle connaît son lien avec Erwan ?

— Non, sûrement pas. Pas consciemment. Si elle l'avait su, elle me l'aurait dit. Elle est d'une grande honnêteté, envers les autres autant qu'envers elle–même. Elle ne sait donc pas, au sens d'un savoir connu, appris. Mais de façon plus subtile, oui, elle sait. Elle savait que notre rencontre était inévitable. Peut-être même indispensable pour réparer l'histoire d'un monde. Histoire dont nous sommes, elle comme moi, responsables.

— Que veux-tu dire ?

— Précisément ce que l'on aborde en psychanalyse transgénérationnelle. Nous sommes en plein dedans.

Je prends un papier et écris :

1857→1882→1907→1932→1957→1982→1990

— On considère qu'une nouvelle génération advient tous les vingt-cinq ans. Tu vois, Erwan est né en 1857, toi en 1990. Entre vous deux, il y a cinq générations. C'est très peu. Comme entre Erwan et Aëlwen…

J'ai bien conscience qu'à ce stade de l'échange avec mon fils, je m'apprête à enfreindre une règle d'or de la psychanalyse : ce fameux secret qui lie un patient à celui qui l'écoute. Mais normalement, un psychanalyste n'accompagne pas une personne de sa famille ! Or, je crois maintenant que l'irruption d'Aëlwen dans ma vie était un appel qui venait de plus loin, bien au-delà des règles. Si avec elle il m'a fallu multiplier les entorses à tout ce que j'ai appris, c'est que je suis, à mon tour, invitée à un double exercice de responsabilité et de liberté.

C'est la conscience de cette responsabilité qui est devenue limpide lors de mon bain de mer dans cette eau froide, au retour sur l'île.

— Ce que je vais te dire maintenant provient des séances avec Aëlwen. J'enfreins une règle en t'en parlant.

Si je le fais, c'est parce que c'est toi qui es tombé sur cet article de journal à Toulon et qui, depuis, te passionnes pour cette histoire. Et surtout car tout ça n'est pas un hasard : en réalité, c'est aussi ton histoire. Pas seulement celle du passé mais aussi celle que tu vas écrire, héritier des deux noms que tu portes. Tu comprends ?

— Je comprends.

— Dans la lignée Giralda, nous connaissons donc, à un bout, Maria, qui donne naissance à Erwan.

— Enfant de Pierre ou de François.

— Oui. Et je crains que cette paternité ne reste à jamais un mystère. À l'autre bout, nous avons Aëlwen et ses frères. Petits-enfants d'une femme, leur grand-mère maternelle, qui si elle l'avait pu n'aurait pas gardé son enfant. La grand-mère d'Aëlwen et son mari se sont séparés à la naissance de leur fille. Et jamais cet homme n'a voulu voir son enfant.

— La mère d'Aëlwen, donc…

— Oui. Un homme que les rares photos montrent les poings fermés. Détail qui intriguait Aëlwen. Que refermaient ces poings ?

Antoine reste silencieux, mais je peux presque voir les pièces du puzzle s'imbriquer dans son esprit.

— Si tu me suis bien, entre Erwan et ce grand-père, il n'y a que deux générations. Et nous savons la tristesse qu'il y avait dans le regard d'Erwan, racontée dans la lettre de Léontine à son fils. Enfant orphelin. Ce que je crois, c'est que les poings fermés du grand-père d'Aëlwen proviennent d'avant lui. D'un petit garçon aux yeux clairs, qui a grandi comme il a pu dans un orphelinat, qui est devenu père sans avoir appris à l'être, sans modèle d'amour. Je crois que chacun, depuis, fait comme il peut. Aëlwen, en choisissant de porter le nom de sa mère lorsque celle-ci est morte, a décidé, sans doute inconsciemment, d'ouvrir ces poings... D'ouvrir les mains du grand-père, et ceux d'Erwan, sans imaginer qu'elle ouvrirait aussi nos bras. Elle a voulu poursuivre un chemin d'amour entamé par sa mère, la première à avoir désiré ses enfants, lui offrant ainsi cette sécurité affective qu'elle conservera toute sa vie et qui lui donne sa force.

— Et donc, tu crois que si elle se pose la question d'aller au bout de sa grossesse, ça vient de si loin ?

— Oui. D'où la démarche qu'elle a entreprise dans cette pièce, face à l'océan. Allant à la rencontre de sa mère, de sa grand-mère, en se cognant aux poings fermés du grand-père. Il n'est pas rare que les traumatismes familiaux sautent une génération avant de resurgir. C'est pour cela que la seule interrogation des conditions de notre enfance ne suffit pas à éclairer les greniers de notre âme. Il faut parfois remonter plus loin, à la recherche de la mémoire imprimée dans nos cellules comme dans notre esprit.

— Et tu crois qu'elle va décider quoi, alors ?

— Je n'en ai aucune idée. Ce dont j'ai cependant la conviction, c'est qu'elle est désormais libre, vraiment, et qu'elle s'est affranchie d'un schéma du passé.

— Mais si elle savait tout ça, peut-être que cela infléchirait sa décision.

— Je ne crois pas. Cela pourrait lui donner des clés supplémentaires pour comprendre ce qui s'est joué, mais, en réalité, elle est parvenue à ouvrir les portes sans les clés. Parfois d'un coup d'épaule, parfois en passant par la fenêtre, comme elle l'a fait pour entrer chez moi.

Je souris et ajoute :

— Et puis, ce n'est pas à moi d'intervenir aujourd'hui là où elle en est.

Nous restons longtemps dans un silence que finit par rompre Antoine :

— Et moi ?

— Quoi, toi ?

— Je pourrais lui dire…

— Lui dire quoi ?

— Pas tout ce que tu m'as dit. Juste que c'est ma cousine… Lui dire qu'elle est la bienvenue dans la famille.

Ce que vient de dire mon fils est vertigineux. Il boucle une boucle que je n'avais pas encore formulée aussi clairement.

À ce moment-là, Manik saute sur ses genoux. Deux regards se tournent vers moi.

Je tâche d'écouter ce qui est juste en moi. Ce que je peux encore assumer. Là où il faut tenir et là où il faut lâcher.

La famille. Drôle de notion, notion à tiroirs. Cellule de base de notre société. Familles décomposées, recomposées, passés composant avec des futurs très présents. Famille humaine, famille des vivants.

« On ne choisit pas sa famille », nous dit la chanson. Tout l'enjeu de la psychologie transgénérationnelle m'a été révélé il y a des années par le thérapeute qui a suivi mon parcours et me supervisait. Il vivait dans les Alpes, au bord du lac d'Annecy. Je me souviens de ses paroles comme si je les avais entendues hier.

— L'eau du lac, c'est l'eau du présent. Figure-toi cette magnifique étendue qui est sous nos yeux. Son eau va se jeter dans le Thiou qui rejoindra le Fier, lui-même affluent du Rhône, avant d'atteindre la mer, en Camargue. Mais l'eau du lac, elle, vient de plus haut – des ruisseaux des montagnes, et, tout là-haut, des glaciers. Si tu te préoccupes de nettoyer l'eau du lac, c'est super. Excellent pour le Rhône et pour la mer. Mais si tu t'assures que l'eau qui l'alimente en amont est belle et claire, c'est encore mieux car tu agis à la source.

En songeant aux glaciers, ces amonts de haute altitude, je repense à Kerantec. Nous sommes le fruit de tout ce qui fut en amont de notre naissance. Je crois que ce serait bien que nous allions à notre source pour raconter tout ce que nous avons appris à tante Louise.

20.
Héritages

« Berceau de famille », dit-on de ces lieux qui ont traversé les générations et permettent à chacun d'identifier un endroit, un paysage, des pierres et des terres où ses racines ont plongé.

Cette image du berceau m'habitait lorsque nous nous sommes engagés dans le chemin qui mène à Kerantec. Nous sommes descendus, nous enfonçant dans la pénombre des chênes, jusqu'au creux du berceau. Dans la douceur d'un jardin protégé de murs tapissés de mousses et de fougères, habité de grands arbres, et qui a accueilli la naissance de tant d'enfants, et tant de premiers cris, de premiers pas…

La peur habite-t-elle celui qui s'engage dans le passage d'une vie intra-utérine, aquatique, à la suivante, à l'air libre, terrestre ? Son cri au monde n'est-il que de surprise et de douleur au déploiement de ses poumons lors de cette primorespiration qui ouvrira la voie à tant d'autres ?

Y a-t-il, en vis-à-vis, un effroi de celui qui expire une dernière fois avant sa mort, à l'autre bout de la vie ?

Vivre est-il une équation à résoudre entre deux inconnues ? N'est-il d'autre posture à adopter dans une existence que de se lever chaque jour prêt à embrasser ce qui vient, l'attraper à bras-le-cœur, à bras-le-corps ? Parfois lutter, souvent s'adapter, faire avec, espérant par-dessus tout s'émerveiller jusqu'au bout. Il n'y a pas d'émerveillement possible à celui qui refuse l'inconnu. Pas d'amour non plus. La seule promesse que ne cesse de tenir la vie, c'est de multiplier les imprévus. Espérer s'en protéger, c'est rater ce grand rendez-vous.

Accompagnant notre arrivée au château, deux allées entourent un parterre en forme de calisson, intégralement fleuri d'agapanthes.

— Que c'est beau, ici ! s'exclame Antoine en embrassant sa tante.

— Tu sais ce que disait Oscar Wilde, mon enfant ? « La beauté est dans les yeux de celui qui regarde. »

Accueillir est un talent, une philosophie de la générosité qui peut aller parfois jusqu'à l'oubli de soi-même. Chez tante Louise, ce n'est pas de posture mais de nature.

Nous nous installons dehors, au pied du ginkgo, sur la petite terrasse exposée aux rayons du soleil du matin. Juste devant la porte-fenêtre du grand salon où se trouve encore le scriban auquel Léontine s'est peut-être attablée pour écrire.

— Vous imaginez bien, mes chéris, que je suis impatiente d'en savoir plus sur votre enquête sur la piste de Pierre d'Alaigre.

Nous l'avons effectivement prévenue des quelques grandes nouvelles que nous avons à partager. C'est

Antoine qui entreprend de raconter nos découvertes successives.

Nous lui avons rapporté les lettres qu'elle nous avait confiées. Mais, en plus de celles du fils, nous avons choisi de déposer à Kerantec celles adressées par l'administration toulonnaise. Il n'y a pas de meilleur endroit pour réunir cette correspondance.

Tante Louise feuillette les pages jaunies pendant qu'Antoine en résume le contenu, précisant la singularité de la dernière lettre, découverte si récemment.

— Mais le mieux serait que vous la lisiez, chère tante…

C'est ainsi que nous la regardons prendre connaissance du coup de tonnerre que contient cette dernière missive. Son émotion se lit sur son visage au fil de sa lecture.

— Que c'est touchant… J'imagine le désarroi de cette mère.

Antoine poursuit.

— Nous sommes allés à Tréguier, à Sainte-Anne. L'école des dominicaines occupe l'ancien orphelinat.

— Ah oui, je savais cela. Alors ?

— Alors nous avons trouvé Erwan. En tout cas quelques éléments de son identité. Et une photo.

Je tends mon téléphone à tante Louise pour qu'elle découvre son visage.

— Oh, le tout-petiot ! Que de détresse dans ce regard.

— Oui. Mais nous avons aussi appris quelque chose d'incroyable et qui nous concerne tous.

— Parle, parle.

— Maman vient d'accompagner une jeune patiente durant plusieurs semaines.

— Je croyais que tu avais arrêté ?

— Je le croyais aussi.

— Justement, reprend Antoine. Cette patiente n'est pas n'importe qui, et elle est arrivée dans la vie de maman de façon étrange. Elle s'appelle Aëlwen… Aëlwen Giralda. Qui est aussi le nom de famille d'Erwan.

Tante Louise met un peu de temps à comprendre.

— Mais tu veux dire que…

— Oui, je réponds. Ce serait trop long de vous expliquer. Mais j'en suis certaine. L'histoire se charge de nous tendre les brins déchirés. À nous de les tresser de nouveau. Aëlwen a pour aïeul Erwan Giralda et, compte tenu de ce que nous savons, elle est donc aussi une Alaigre, via Pierre ou François…

— Incroyable… Incroyable… Incroyable !

La vieille tante répète ces mots en se grattant le front, les yeux fermés durant un bon moment, semblant habitée, plongée dans une profonde réflexion.

— Vous pensez à quelque chose ? demande Antoine.

— Oui… Venez avec moi.

Nous remontons dans la fameuse bibliothèque découverte lors de notre précédente visite. Il y règne une belle odeur de cire d'abeille, comme si les boiseries venaient d'être lustrées.

D'un meuble d'angle, tante Louise sort trois chemises cartonnées, fermées par des rubans en tissu.

— Cela fait longtemps que je n'ai pas ouvert ces classeurs. Ils contiennent tous les actes notariés de Kerantec depuis la nuit des temps. La dernière fois, c'était avec votre oncle Jean, car nous recherchions la date de construction de la petite passerelle qui traverse la route et qui avait paraît-il été réalisée par un élève d'Eiffel. Ah, voilà ! Je savais que cela me disait quelque chose. Venez voir, les enfants !

L'excitation de tante Louise est palpable. Elle pointe de l'index une ligne d'un vieux document manuscrit, rédigé à l'encre noire.

— Regardez ! Erwan Giralda.

Nous restons muets. Tout cela va bien trop vite pour que nous y comprenions quelque chose…

— C'est quoi, ce papier ? demande Antoine.

— Un acte de vente d'une ancienne métairie du château, à Kerlouan, à une vingtaine de kilomètres. Et regarde qui l'a vendu.

— Léontine d'Alaigre. Ça veut dire que…

— … qu'après l'avoir laissé partir une première fois, elle l'a cherché, et qu'elle l'a retrouvé.

Je suis émue aux larmes. Ainsi, elle a répondu à l'appel. Chercher l'enfant, l'orphelin, tenter de recoller le bol cassé, rapiécer l'histoire, y contribuer à sa mesure. Assumer à rebours ce qui n'a pu l'être par son fils – qu'il s'agisse de Pierre ou de François. L'aimer peut-être, aussi.

— Elle a fait davantage que le rechercher, elle lui a légué un bien, dit Antoine en continuant de lire l'acte. C'est génial ! Pour une somme symbolique de cinquante francs.

Le document précise que la métairie était composée d'un corps de ferme, de huit hectares de bois, de cinq hectares de terres cultivables, d'un verger de un hectare de pommiers et d'un étang alimenté par une source.

Nous partageons tous les trois la joie de cette découverte. Cette archive est la preuve que, dans la mesure du possible, une forme de justice a pu être rendue à cet enfant. Une réparation qui n'a certainement pas eu le pouvoir d'effacer l'empreinte de son abandon dramatique, mais qui a signé une demande de pardon de la grand-mère. Un pardon d'une autre époque. Pardon pour les conséquences d'un acte dont elle n'avait pas imaginé la portée. En renvoyant Maria, Léontine pensait faire ce qui était le mieux pour eux tous.

« J'ai cru bien faire » sont des paroles que j'ai souvent entendues sur la méridienne de mon cabinet. Lorsque l'on a « cru bien faire », c'est qu'après, rien ne s'est déroulé comme prévu, au point parfois qu'est advenu un drame. « J'ai cru bien faire » est souvent le creuset de regrets douloureux, qui disparaissent difficilement quand l'autre, à qui on voudrait demander pardon, n'est plus là. Dans le cas contraire, la personne qui a été blessée peut écouter, comprendre, accueillir la demande, et possiblement offrir son pardon en retour.

Tante Louise nous propose ensuite de nous emmener sur la tombe de Léontine et de son fils François pour prier pour Erwan Giralda et sa famille.

Dans le petit cimetière qui jouxte la chapelle, à l'autre bout du parc du château, nous nous recueillons chacun à notre manière devant cette pierre surmontée d'une croix en granit usée par le temps.

Antoine dépose une fleur d'agapanthe sur la pierre grise.

La vie, et rien d'autre…

21.
Le cercle ouvert

Nous avons rejoint notre île avec délices.

Que d'émotions traversées !

Antoine était à peine revenu qu'il a enfourché son vélo pour retrouver Sidonie. Pour ma part, j'ai choisi à nouveau le bain de mer comme antidote au bouillonnement intérieur qui m'anime. Manik a voulu me suivre, mais il n'a pas osé aller au-delà du sable sec du rivage et m'a regardée m'éloigner, constatant sans doute une différence flagrante entre nous : il déteste l'eau et je l'adore.

Je crois aussi que j'avais besoin d'être seule.

La mer est belle et calme. Je nage longtemps, jusqu'à rejoindre Logodec. J'aime cette île aux grands arbres où j'échoue sur la plage avec bonheur, me creusant un lit sur mesure dans le sable chaud. J'ai le sentiment que se bouclent des boucles et que j'ai fait ma part. Je suis heureuse d'avoir vécu tout cela avec mon fils. Patrick serait fier de nous.

Je m'assoupis sur le sable avec cette idée.

C'est la mer qui me réveille en frôlant mes pieds de sa première vague montante.

Quand je rouvre les yeux, le souvenir du message d'Aëlwen concernant la venue du chaman à la pointe du Raz me revient.

Peut-être est-il temps de me rappeler sagement que tout ce que je sais, c'est que je ne sais rien. Je prends alors la décision de répondre favorablement à l'invitation d'Aëlwen.

Manik m'attend sur la berge. Il ne lui manque qu'une petite bouée orange pour donner l'illusion de faire partie de la Compagnie des sauveteurs en mer. Il n'aime pas me voir mouillée et attend que je sois sèche et rhabillée pour venir se frotter à mes jambes.

Je monte sur mon vélo pour aller chez Sidonie acheter du pain. Manik grimpe dans le panier installé à demeure sur mon porte-bagages. Il aime donc le vélo davantage que la natation…

Antoine est assis à l'une des petites tables devant la boulangerie, où il lit la nouvelle édition de *L'Écho des bulots* que vient de publier Sidonie.

— Il y a dans ce numéro une très jolie aquarelle d'un chat aux yeux bleus. Regarde, Manik ! dit-il à l'animal, qui cherche à nous faire croire qu'il va s'y reconnaître.

— J'ai tout raconté à Sido. Elle adore notre saga familiale. Elle croit aussi que ce serait bien qu'Aëlwen soit au courant, et pense que c'est juste si c'est moi qui me charge de lui en parler. Par rapport à toi, je veux dire… Rien qu'avec ce qu'elle nous a dit d'elle, j'en sais assez. J'ai simplement besoin que tu me donnes son numéro de portable. Je voudrais aller la voir à son retour de Norvège.

— Je comprends. Je crois que vous avez raison.

En rentrant dans la boulangerie pour prendre du pain et embrasser mon amie, je découvre une petite ardoise accrochée au-dessus du comptoir. À la craie, de la main de Sidonie, il est écrit : *Tout au fond de la mer les hivers sont plus longs*.

Je suis là, à m'interroger sur le sens de cette citation, quand Sidonie arrive et, me voyant concentrée, les yeux froncés, éclate de rire.

— Alors, ça marche ! Coucou, ma Clara…

— Hello, Sido ! Qu'est-ce qui marche ? Ça veut dire quoi ?

— J'ai décidé d'être l'ambassadrice de la légèreté. Tu sais, dans les vieux almanachs, il y a comme ça des citations frappées au coin du bon sens. Eh bien je vais en inventer des légères, des absurdes, des sans queue ni tête, juste pour rire et voir mes clients se creuser silencieusement les méninges…

— C'est très drôle ! J'aurais pu afficher ça à l'entrée de mon cabinet pour mettre de l'ambiance, mais je pense que certaines de mes patientes vivent effectivement des hivers très longs au fond de la mer.

Nous sourions et je repars avec le pain du jour : un petit épeautre aux algues et aux raisins secs.

***

— La pointe du Raz, c'est l'extrémité du bas de la mâchoire du loup qui s'apprête à mordre ceux qui, venant d'Amérique, voudraient accoster en France.

C'est ainsi qu'un jour Patrick avait, de façon très imagée, donné une leçon de géographie à son fils… Ça marque !

Et pour aggraver un peu les choses, la plage en contrebas de cette extrémité du continent s'appelle la « baie des Trépassés », en mémoire de ceux qui ont échoué sur ces rivages, marins embarqués à bord de nombreux navires qui ont fait naufrage en passant ce cap.

J'aime beaucoup le Finistère. L'Aber-Vrac'h, à l'extrémité nord de ce bout d'Europe, a été l'une de nos destinations de prédilection, à Patrick, Yann et moi, quand nous partions pour quelques jours en mer. Et j'ai souvent rejoint, pour des stages d'aquarelle, la jolie presqu'île de Crozon et ses landes de bruyère pourpres, qui serait dévorée si, un jour, les deux mâchoires du loup se refermaient.

La baie des Trépassés est une sublime plage, haut lieu des surfeurs qui viennent de partout pour y trouver leur vague. Le beau temps importe peu, tout l'enjeu, c'est la vague… De nombreux camping-cars bordent la petite route qui y mène dans une atmosphère joyeuse, musicale et très bon enfant. Il est de rigueur de se promener pieds nus, une combinaison néoprène descendue à la taille et une planche de surf au bout du bras.

La mer est totalement retirée quand j'arrive sur place. Il fait très beau.

Je suis à l'heure. Dix-huit heures précisément. Je retrouve l'ambiance que je connaissais en ce lieu. À un détail près…

Des cairns composés de galets dessinent un immense cercle au milieu de la plage. En son centre se dresse un grand tas de bois, tel un tipi. Bois aux formes douces et polies ; offrandes de la mer rendues à la terre. Des hommes et des femmes les ramassent au pied des dunes tandis que d'autres continuent d'ajouter des galets aux galets du cercle de pierres.

Au loin, encore haut dans le ciel, le soleil décline, donnant naissance à des teintes pourpres qui laissent à penser que les nuages sont davantage de feu que d'air. Plus le soleil se rapproche de l'horizon, plus la mer emprunte aux nuages l'incandescence de leurs braises. Le spectacle est partout.

Au moment précis où le soleil rencontre la vague la plus lointaine de l'horizon, venant de la lande où se trouve la petite chapelle dédiée aux naufragés, le son du tambour retentit. Un homme apparaît sur la crête et descend le sentier, frappant sans discontinuer sur la peau du soir venant.

Au moment où il franchit le cercle de pierres, on allume le feu de bois flottés qui prend le relais de la lumière du jour.

Je regarde d'abord d'un peu loin ce spectacle magnifique. Dialogue entre les éléments, entre le haut et le bas.

J'ai dans un premier temps le sentiment d'assister à la préparation d'une cérémonie d'un autre âge. Il existe bien des endroits en Bretagne où sont entretenues des traditions druidiques. Je n'en ai jamais fréquenté aucun. Mais l'entremise d'Aëlwen et la dimension mystérieuse qui a imprégné ces dernières semaines ont ouvert en moi une porte, ou plutôt une fenêtre de toit.

Je mesure combien ce qui se déroule devant mes yeux est poétique, beau, de cette beauté universelle qui invite les hommes et les femmes, en tout point du globe, à s'arrêter un instant pour regarder l'astre disparaître et clore la fin d'un jour. Une part de moi découvre d'un regard neuf cet événement quotidien.

Enfin, je m'approche, attirée par les flammes, par le feu, par les coups frappés sur le tambour. Et, pour finir, je franchis le cercle de pierres, rejoignant celles et ceux qui entourent l'homme debout, au front ceint d'un bandeau pourpre. Je sais Aëlwen très loin, mais dévisage tout de même celles qui sont là, espérant sa présence, pourtant impensable. Sans la trouver.

À la disparition de l'ultime éclat de soleil qui plonge dans la mer, nous nous asseyons.

Au même moment, une femme rejoint l'homme au tambour et entame une psalmodie. Jamais je n'ai entendu pareille mélodie. Il semble presque impossible qu'une femme puisse porter en elle une vibration si étonnamment polyphonique. Elle projette sa voix, les mains ouvertes devant elle, allongeant puis écartant les bras comme pour offrir son chant au ciel.

Les coups de tambour résonnent dans mon ventre et, à mon tour, j'ouvre la bouche, j'émets un son. Mais je n'agis pas en volonté. Je reçois. Faisant disparaître résistance après résistance. De respiration en respiration, je sens les anneaux de ma gorge s'ouvrir et mon souffle s'amplifier. Un souffle-chant. Un souffle-ciel, un souffle bleu. Un souffle-soleil, un souffle-terre, un souffle-feu, rouge, rouge, rouge…

Je ne sais à quel moment je suis partie, ni combien de temps, mais je me souviens bien de mon réveil. Il faisait nuit, seules les braises du feu éclairaient les visages et portaient les ombres sur la plage. La mer remontait et reflétait le feu dans l'écume de ses vagues.

Je me souviens de mon réveil. De la main de la femme chamane sur la mienne. Douce, si douce.

— Maria… m'entends-je dire.

Elle me regarde de ses yeux noirs et brillants. Des yeux de nuit… Elle porte autour du front un bandeau identique à celui de l'homme au tambour. Elle me sourit, ouvrant les lèvres sans rien dire. Paroles de silence.

— Maria… répété-je à nouveau.

Elle met sa main derrière ma nuque et accompagne mon mouvement de la position couchée où je me trouve à la posture assise, en tailleur.

Alors seulement elle me demande :

— Qui est Maria ?

Je reste silencieuse, un long moment.

— Une femme, il y a si longtemps… Une mère… Une mère à qui je viens de tendre la main, et qui l'a prise.

— Elle vous ressemble ?

— Toutes les mères se ressemblent un peu…

— Vous a-t-elle parlé ?

— Non, mais elle dessinait…

— Avez-vous vu ce qu'elle dessinait ?

Je ferme les yeux, cherchant à retrouver le dessin d'eau et de feu qu'elle a déposé dans l'air et, du bout du doigt, je reproduis sur le sable ce que j'ai vu : deux cercles entrelacés, marqués chacun de cinq autres petits cercles, l'un central, les autres en périphérie. L'un pénétrant dans le centre de l'autre, et réciproquement.

— Il s'agit d'un symbole bouddhiste. Cela signifie la paix et l'amour. Cette femme est en paix et vous invite à l'être également. On trouve aussi ce signe sur les bagues des conjoints. Il symbolise l'équilibre du couple. Ce sont les liens d'amour indéfectibles qui vous portent et traversent les temps.

Comme elles sont belles, les larmes qui coulent le long de mon visage sur cette plage du bout d'un monde, et du début d'un autre…

Les fins sont des commencements.

22.
Maria

Claire, si chère Claire,

Je vous écris d'Isogaisa, montagne sacrée du nord de la Norvège où j'ai retrouvé ma famille samie. Je vais rentrer bientôt. Hier, nous avons célébré le ciel, ensemble, autour d'un grand feu. Il est si habité, le ciel ! Il nous offre la nuit pour nos songes et le jour pour marcher à leur suite. Il donne à notre âme une possibilité d'expansion à sa dimension. Le ciel possède l'infini en commun avec notre esprit. S'il n'y avait pas le ciel, vers quoi se lèveraient nos yeux ? Avons-nous conscience que nous ne tenons debout que grâce à lui ?... Il procure sa verticale à la vie.

Lors de notre rituel, je vous ai vue, je nous ai vues. Nous étions trois femmes, autour d'un même tambour. Comme si nous portions la Terre entre nos mains. Un tambour-Terre. Nos mains jointes portaient la Terre.

Vous teniez ma main gauche et l'autre femme la droite. Elle me souriait du plus aimant des sourires, elle avait des cheveux jais et un regard bleu lumineux.

Cette femme portait un souffle qui semblait venir de très loin, puissant, limpide et brillant. Je ne savais pas qui elle était mais j'ai reçu son souffle ; il m'a traversée, et je le sens vibrant en moi. Il inspire mes mots d'aujourd'hui et accompagne ma reconnaissance à votre égard.

Je vais bien.

Alwn

J'ai reçu cette lettre le lendemain de ma nuit passée au bord du monde breton.

Un dessin accompagnait les mots.

Je cherche et découvre le sens de ce symbole : la « tresse sans fin », illustration de l'interdépendance de tout ce qui vit dans les airs, dans les mers et sur les terres.

« Tout est juste », pensé-je… Je ne suis pas étonnée par ce courrier. Rien ne me semble hermétique mais tout, dorénavant, est traversé par un mystère joyeux.

Je comprends, depuis ce crépuscule au tambour, ce qu'Aëlwen est allée écouter ailleurs. Nous relier, parfois nous re-lier, implique de nous mettre à nu, pour percevoir, sentir, recevoir l'énergie subtile qui habite cette tresse sans fin.

Percevoir, c'est voir sans les yeux. C'est ouvrir la fenêtre du toit. Seul l'accueil de notre sensibilité offre cette vision qui ne s'incarne pas encore en pensée. Seule l'écoute de nos sens offre à l'intuition de nous guider avant de poser nos pas.

Qu'avons-nous fait des rituels ?

***

Deux mois ont passé.

Durant ces deux mois, Antoine a revu Aëlwen en choisissant de la retrouver à Kerantec.

Là, sous les grands arbres témoins de toute l'histoire, il lui a raconté.

Tante Louise a ouvert la chapelle où ils se sont recueillis devant cette fresque onirique revisitant la création et qui rejoint si bien sa lecture du monde.

Antoine m'a rapporté qu'Aëlwen était lumineuse et avait accueilli chaque mot qu'il a prononcé avec un sourire de gratitude, comme si l'évidence prenait mots et devenait récit.

Chacun, durant ce printemps, reçut des signaux, des appels, et fut mis en chemin.

Tante Louise sollicita Antoine en lui écrivant :

Mon chéri,

Il serait juste que nous accomplissions un geste symbolique. Vous m'avez indiqué l'état lamentable de la tombe de Pierre d'Alaigre à Toulon. Je voudrais que nous fassions le nécessaire pour rapatrier sa dépouille à Kerantec, afin qu'il repose aux côtés de sa mère et de son frère.

Avec ma tendre affection.

Louise

Antoine, enthousiaste, répondit à la demande de Louise d'une manière originale, en marin.

Il décida de changer de port d'attache, et de choisir Bréhat comme lieu de mouillage pour son bateau... Il sélectionna étrangement une « moussaillonne » pour l'accompagner lors de cette navigation et décida de rapporter par la mer les restes de Pierre, son lointain parent, en Bretagne.

Tout cela eut pour effet de priver les îliens de Sidonie pendant trois semaines.

Durant toute cette période, un mitron assura tant bien que mal la cuisson du pain quotidien et je devins marchande et libraire intérimaire.

J'ai moi-même gagné un moussaillon qui ne me quitte pas, davantage terrestre que marin. Manik aime autant les livres que la boulange. Et, fréquemment, sur les vieilles tomettes de la boutique, des petites empreintes de pattes enfarinées composent un message que seuls les chats-chamans doivent être capables d'interpréter.

Puis arriva le 25 août.

Tante Louise nous avait tous invités à une petite cérémonie à l'occasion de l'enfouissement de la caissette contenant les ossements restants de Pierre.

Ce fut la première fois que je revis Aëlwen.

Quand il fallut établir la liste des invités, nous avions été unanimement d'accord pour qu'elle en soit, ainsi que son père, ses frères et sa grand-mère. Antoine lui transmit l'invitation.

Mes cousins, enfants de tante Louise et de l'oncle Jean, et la dernière génération de petits-enfants étaient présents. C'est à sœur Marie-Fulgence que fut confié le soin de dire quelques mots. Elle vint accompagnée de trois religieuses qui chantèrent un cantique à la création inspiré de saint François.

Sidonie tenait la main d'Antoine. J'avais dans les bras des bouquets d'agapanthes destinés à fleurir le caveau. À relier la terre et le ciel d'un souffle bleu.

Tante Louise avait fait graver sur la pierre tombale le nom de Pierre, aux côtés de ceux de sa mère et de son frère.

C'est alors qu'Antoine, aidé par le fils aîné de tante Louise, descella la pierre et fit entrer la lumière sous terre.

Là étaient déposés non pas deux cercueils comme nous nous y attendions, mais trois.

Un seul comportait une inscription gravée à même le bois.

Un prénom et un nom, témoins incroyables de l'ultime réparation voulue par Léontine :

Maria Giralda

Post-scriptum

À l'heure où j'achève ce récit, où je me relis une dernière fois, avec le recul du temps et des mots, je comprends pourquoi j'ai voulu raconter cette histoire, vous la raconter.

Nous ne sommes pas nos blessures, ai-je écrit. Nous sommes effectivement bien mieux que cela, bien plus que cela. Nous sommes l'incarnation d'une histoire entamée avant nous, au fond des océans, et qui se poursuivra bien après nous, quelque part. Nous sommes juste cela : un instant. Mais nous sommes tout cela. De même que les gestes de ceux qui furent habitent nos cellules, nos gestes d'aujourd'hui ont la puissance des ailes d'un papillon. Ce papillon qui se posera sur la main des enfants des enfants de nos enfants.

Si singulière soit-elle, Aëlwen, mon ultime patiente, portait en elle des questions que j'ai reconnues chez d'autres. Des interrogations générationnelles, fruit de l'époque dans laquelle nous sommes, mais également issues de questions d'autres femmes bien avant elles, d'autres combats, d'autres rêves.

Le travail dans lequel je l'ai accompagnée n'avait d'autre objet que d'éclairer sa liberté. Je voudrais également respecter la vôtre, à vous, lectrice, lecteur. Vous laisser l'ultime page du récit, blanche.

Références

Ce récit est né sous de multiples latitudes, accompagné de l'énergie de « grands vivants », expression de l'artiste Stéphane Guiran pour parler de territoires riches de la diversité de ceux qui y vivent, humains, mais aussi les autres, parfois invisibles, silencieux, animaux et végétaux : les jardins de Séville, le rivage costarmoricain de Port-Blanc, les montagnes qui veillent sur le lac d'Annecy, Ciappili à l'extrémité sud de la Corse et, bien sûr, l'archipel de Bréhat.

La musicalité de ce texte s'appuie sur une sélection de morceaux qui ont accompagné mon écriture :

Ajeet : « When She Rises »

Ólafur Arnalds : « We Contain Multitudes », « Saman », « Re:Member », « Written in Stone », « Letters of a Traveller »

Ólafur Arnalds & Nils Frahm : *Trance Frendz*, « Particles », « Life Story »

René Aubry : « The Lake », « Water Falls »

Aukai : « Lumi », « Cloudline », « La Joya », « Alto Paraíso », « Akal Ki »

Nick Cave : « We Are Not Alone »

Ram Dass & Awaré : « Heart Takes Flight »

Ludovico Einaudi : « Una Mattina », « Svanire »

Enya : « May It Be »

Eskimotion : « Reflections », « Home », « Moving », « Lunar Rainbow »

Piers Faccini : « Earth Water Fire Sky »

Nils Frahm : « Over There, It's Raining », « A Shine », « Less », « Is Love What You Don't Know »

Philip Glass : « The Hours », « The Poet Acts »

Luke Howard : « I Still Dream About You », « Oversky », « In Metaphor, Solace », « Forgotten Postcards », « Glass Eye », « Portrait Gallery », « Sun », « Atlases »

Sona Jobarteh : « Battle of Qadesh », « Reflections », « Saya »

Woven Kin : « Hibernate », « Reminiscence », « In the Stars »

Pat Metheny & Charlie Haden : « Cinema Paradiso », « Spiritual »

Angel Olsen : « Nothing's Free »

Fabrizio Paterlini : « Eyes Closed »

Hania Rani : « Glass »

Yehezkel Raz : « Deep Blue Sea »

Daniel Varsano : Trois gymnopédies de Satie

Cette playlist est disponible sur Spotify en scannant ce QR code :

Du côté des livres

Muriel Barbery, *Une rose seule*, Actes Sud, 2020 ; *Une heure de ferveur*, Actes Sud, 2022.

Jeanne Benameur, *La Patience des traces*, Actes Sud, 2022.

Christian Bobin, *Le Muguet rouge*, Gallimard, 2022.

Sandrine Chenivesse, *La Forteresse des âmes mortes*, Actes Sud, 2024.

Nastassja Martin, *Croire aux fauves*, Verticales, 2019.

Sophie Marinopoulos, *Le Corps bavard*, Fayard, 2007.

Gert Nygårdshaug, *Chimera*, Gaïa, 2023. Traduit par Françoise Heide.

Jean-Philippe de Tonnac, *Azyme*, Actes Sud, 2016.

Remerciements

Merci à Sophie Marinopoulos et Sandrine Chenivesse, psychanalystes, pour leurs regards avertis sur ce texte.

Merci à Jean-Philippe de Tonnac pour sa complicité boulangère et bien plus encore.

Merci à Pascale Rossler, son influence quotidienne a nourri mon propos.

Merci aux Bréhatins, à Béa et à la famille de la Potinière, pour leur accueil sur cette île.

Je suis conscient de la chance d'avoir pu bénéficier du talent de mon frère Tanguy pour illustrer ce roman aux accents bretons et familiaux.

Mon ultime gratitude va à celles qui ont accompagné sa publication. Une équipe de femmes, animée par Sophie Charnavel, qui m'ont accueilli avec enthousiasme chez Robert Laffont.

Enthousiasme rassurant et indispensable car j'explore, jusqu'à l'incarner avec sa narratrice, un univers féminin aussi riche que délicat.

Avec la complicité d'Anne-Sophie Jouanneau, je voudrais en particulier saluer l'engagement et l'écoute de Sophie Rouanet, ainsi que le travail de Zoé Guillermin. Ce livre leur doit beaucoup.

Ce livre existe grâce au travail de toute une équipe.

Communication : Caroline Babulle, Solveig de Plunkett, Victoire Brulon, Inès Paulin, Adélaïde Yvert.

Coordination administrative : Martine Rivierre.

Studio : Pascaline Bressan, Barbara Cassouto-Lhenry, Joël Renaudat.

Fabrication : Muriel Le Ménez, Céline Ducournau, Bernadette Cristini, Sophia Paroussoglou, Isabelle Goulhot.

Commercial, relation libraires et marketing : Catherine Lauprêtre, Naïma Ruan, Anne-Laure Heugel, Élise Iwasinta, Armand Jamme, Solenn le Meur, Joséphine Saint-Paul, Aurélie Scart.

Cessions de droits : Elisabeth Stempak, Benita Edzard, Lucile Besse, Sonia Guerreiro, Costanza Corri.

Gestion : Sophie Veisseyre.

Services auteurs : Viviane Ouadenni, Jean-François Rechtman, Catherine Reimbold, Anita Sevenant.

Ainsi qu'à toutes les équipes d'Interforum et d'Editis qui participent à la création, la diffusion et la distribution de ce livre.

Canoros Vehit Canentes

Composition et mise en pages
Nord Compo à Villeneuve-d'Ascq

#lisez! engagé
www.lisez.com
Pour plus d'information :
Imprimé sur du papier issu de forêts gérées durablement.

Achevé d'imprimer en février 2025
par Normandie Roto Impression s.a.s.
61250 Lonrai (Orne)
N° d'éditeur : 68333/01 – N° d'imprimeur : 2500651

Imprimé en France